Il faut tuer Sammy

Ahmed Madani

Il faut tuer Sammy

Théâtre
l'école des loisirs
11, rue de Sèvres, Paris 6e

Loi numéro 49 956 du 16 juillet 1949 sur les publications destinées à la jeunesse : avril 1997
Dépôt légal : décembre 2005
Imprimé en France par Pollina s.a., 85400 Luçon - n° 98717

Personnages

Anna

Une femme petite et agile, entre cinquante et soixante ans.

Ed

Un homme gros, la soixantaine.

Le cousin

Un homme grand et mince, entre quarante et cinquante ans.

Décor

Un vaste champ de pommes de terre qui s'étend à perte de vue occupe tout le plateau. Un espace non cultivé est aménagé en lieu de vie de plein air.

Sous un arbre sec se situe le coin salon constitué d'un canapé en cuir des années cinquante, au pied duquel est disposé à même la terre un tapis encore présentable.

Au milieu du plateau un tas de pommes de terre fraîchement cueillies haut d'un mètre cinquante au moins et large d'autant, deux tabourets de part et d'autre de ce tas. À cour un vieux frigo, récupéré et bricolé en cabane, sert d'abri au cousin.

À l'avant-scène cour, le trou au fond duquel vit Sammy.

Au violoncelle, des notes tentent avec acharnement de reconstituer une mélodie ; réussite esquissée, puis dérapage. Le jour se lève. Un homme affûte un grand couteau. Au loin, une femme ramasse des pommes de terre dont elle emplit son tablier. Elle et l'homme vont se parler de loin, fort, la femme se rapprochant jusqu'au tas de patates qui est près de l'homme.

Elle videra alors son sac. Le violoncelle se sera tu depuis longtemps.

ANNA

Tu n'as pas eu froid cette nuit ?

ED

Terriblement !

ANNA

Plus qu'hier ?

ED

Bien plus qu'hier!

ANNA

C'est l'hiver le plus terrible qu'on ait passé depuis au moins...

ED

Oh oui, facilement... et peut-être même plus!

ANNA

À mon avis, il n'y aura pas d'été.

ED

Quant au printemps, n'en parlons pas.

ANNA

Il n'y a plus de saison.

ED

Il n'y a plus de saison.

ANNA

Dans le temps oui, mais à présent, non.

ED

Mais à présent non.

ANNA

Tout s'est détraqué d'un coup et j'ai l'impression que les choses ne vont pas s'arranger.

ED

Elles vont plutôt se gâter.

ANNA

Maintenant qu'on a mis le doigt dans l'engrenage, on va déguster.

ED

Oui, tel que c'est parti, ça va être tempête de gel sur tempête de gel.

Tous deux sont alors très proches. Ils lèvent les yeux au ciel. Déception.

ED

Tu parles, ça ne marchera jamais.

ANNA

Tu te décourages trop facilement... c'est

pourtant simple, tu penses profondément à ce que tu dis et tu oublies le reste.

ED

Je ne peux pas oublier ça! *(Il désigne le soleil.)*

ANNA

Alors, ferme les yeux... recommençons. Tu n'as pas eu froid cette nuit?

ED

Terriblement!

ANNA

Tu n'y mets aucune conviction, comment veux-tu me persuader!

ED

Je n'arrive déjà pas à me persuader moi-même.

ANNA

Allons, fais un effort, c'est dans ta façon de dire... pas «terriblement» mais plutôt «terriblement».

ED

Terriblement!

ANNA

Terriblement!

ED

Terriblement!

ANNA

Terriblement!

Regards. Encouragements.

ED

Terriblement!

ANNA

Voilà! Tu n'as pas eu froid cette nuit?

Ed tente visiblement de répondre mais n'y parvient pas. Anna lui sourit, nouvelle tentative. Ed peine... Anna le soutient.

ED

Non... Non!... Non!... Je n'y arriverai pas.

ANNA

Mais si, mais si. Allons, encore un effort. Tu n'as pas eu froid cette nuit?

Ed

(Excédé, il explose.) Non je n'ai pas eu froid cette nuit ! Pas plus que la nuit dernière, ni aucune autre. J'ai eu chaud ! Chaud ! Terriblement chaud et je vais encore avoir chaud toute cette foutue journée, et demain j'aurai chaud et après-demain j'aurai chaud et tous les autres jours aussi, et on ne pourra rien y faire et ce n'est pas avec tes trucs à la noix que tu vas faire venir les gelées ou la pluie parce que dans ce maudit pays c'est comme ça et ça ne changera jamais !

Anna

Si, ça changera, il n'y a que les imbéciles qui ne changent pas et toi tu en es un sacré... !

À ce moment, tambourinements violents, grognements. Notes au violoncelle très agitées. Ed et Anna sont surpris.

Ed

Déjà !

Anna

Eh oui, déjà ! Heureusement qu'on a pris un peu d'avance hier !

ED

À peine réveillé, le voilà qui a faim.

ANNA

Il n'aurait peut-être pas faim aujourd'hui si tu avais mieux su t'y prendre hier.

ED

Tu ne vas quand même pas me dire que c'est de ma faute si…

ANNA

Ah, je te vois venir, tu vas encore te trouver une bonne excuse. Mais je te préviens, aujourd'hui on en finit une bonne fois pour toutes.

ED

Ne t'en fais pas, tu peux être sûre que tout sera réglé avant ce soir…

Tambourinements. Grognements. Violoncelle.

ANNA

Il s'impatiente, allons-y !

Ils prennent une bassine pleine de pommes de terre déjà épluchées.

ED

Il ne faut pas traîner, quand il est énervé mieux vaut ne pas être dans ses pattes.

ANNA

Oh ça ! Mieux vaut pas ! S'il était en liberté, je ne donnerais pas cher de ta peau.

ED

Ni moi de la tienne.

ANNA

Moi je cours vite, je m'en sortirais ; mais toi…

ED

(Vexé) Quoi moi ? Pfff!… Tu ne portes rien, c'est moi qui porte tout encore une fois !

ANNA

Ah bon, tu portes tout ? Eh ben vas-y.

Elle pose la bassine. Ed tente de la soulever ; visiblement il ne peut pas.

ANNA

Allez, pousse-toi va ! *(Elle la prend à elle*

seule et l'amène jusqu'au trou.) Ohohohoh... Bonjour le Sammy! Il va bien le Sammy?

ED

Il a bien dormi le Sammy?

ANNA

Je pense bien qu'il a bien dormi, il n'y a qu'à voir ses tout petits yeux.

ED

Et il a une grosse faim?

ANNA

Oh oui, une très grosse. Il serait capable de nous avaler d'un seul coup, pas vrai?

ED

Alors, on lui donne la surprise?

ANNA

Allez, on lui donne!

ED

(Versant le contenu de la bassine dans le trou.) Tiens... tout ça c'est pour toi!

Anna

Là… Doucement, doucement… Tu vas t'étouffer !

Ed

On dirait qu'il n'a rien mangé depuis un mois.

Anna

Faut croire qu'il avait rudement faim… Allez, bon appétit Sammy.

Ed

Bon appétit Sammy ! *(Ils s'éloignent.)* J'ai l'impression qu'il a encore grossi.

Anna

Il grossit chaque jour.

Ed

Tu crois qu'il s'arrêtera ?

Anna

Il ne peut pas s'arrêter.

Ed

Il grossira toujours ?

Anna

Toujours, c'est dans sa nature.

Ed

Chaque jour il mange davantage.

Anna

C'est normal, plus il grossit, plus il a faim.

Ed

Et plus il a faim, plus il grossit.

Anna

Dire qu'au début il n'était pas plus gros que ça…

Ed

Oui, pas plus…

Anna

Fallait le voir se jeter sur la nourriture, il mangeait tout ce qu'on lui donnait.

Ed

Et même ce qu'on ne lui donnait pas.

Anna

(Éclatant de rire) La fois où il a mangé tes chaussures, des chaussures toutes neuves que Monsieur avait fait venir de la ville !

Ed

Exactement ! De la ville ! Des chaussures en cuir de qualité supérieure, faites sur mesure avec semelles lisses et jeu de lacets supplémentaires. Des pièces uniques !

Anna

(Riant) Englouties les pièces uniques ! Oh tu aurais vu ta tête !

Ed

(Très froid) Je ne trouve pas ça drôle.

Anna

Tu n'as pas le sens de l'humour, tu ne vas quand même pas me dire que tu les regrettes encore ?... Qu'est-ce que tu en aurais fait de tes beaux souliers ici ? Hein ? Tu aurais dansé, le soir au clair de lune, sur les cailloux ?

Ed

Parfaitement ! Le soir au clair de lune, j'aurais dansé sur les cailloux : Tcha tcha tcha, Rumba, Bossa nova, Tango, Valse, Bolé bolé !

Anna

(Riant) J'aurais bien voulu voir ça, un gros dindon comme toi se trémoussant comme un jeune coq.

Ed

Tu n'aurais pas été seule à le voir, parce que toutes les filles du pays l'auraient vu, figure-toi ! Et s'il s'en était trouvé une jolie pour danser avec moi, je serais parti avec elle très loin d'ici et rien ne m'aurait obligé à rester tout ce temps avec toi.

Anna

Et tu aurais abandonné la ferme ?

Ed

La ferme ? Quelle ferme ? Où y a-t-il une ferme ?

ANNA

Moque-toi, c'est ça !... Tu as promis !

ED

Promis ? Moi ? Et quand bien même je l'aurais fait, ce n'est pas une raison pour finir ma vie dans un trou perdu.

ANNA

Je ne vois vraiment pas pourquoi j'attache le moindre intérêt à ce que tu dis, puisque de toute façon aucune fille sensée n'aurait voulu d'un gros dindon comme toi. Il n'y a que moi qui aie suffisamment de patience pour te supporter... Tu devrais être heureux de m'avoir et faire un peu plus attention à moi parce que si par hasard un beau jeune homme venait à passer il ne faudrait pas grand-chose pour que je parte avec lui !

ED

Tu peux toujours l'attendre, ton beau jeune homme, il ne passe jamais personne. À croire que cet endroit a été effacé de toutes les cartes du monde et qu'aucune route n'y mène ou n'en repart.

ANNA

Allez, allez, passe-moi mon tablier et mettons-nous au travail! Ce n'est pas avec ce qu'on lui a donné au Sammy qu'on va calmer sa faim!

ED

Il est temps qu'elle soit définitivement calmée, sa faim! D'ici qu'un jour on n'ait plus assez de patates pour le nourrir!

ANNA

Plus assez de patates, plus assez de patates! *(Elle rit.)*

ED

Tu as tort de te moquer de moi.

ANNA

Pourquoi?

ED

Depuis quelque temps, il en pousse moins qu'avant!

ANNA

Moins qu'avant ?

ED

Tiens, par exemple, à cet endroit, habituellement, j'en ramasse facilement deux kilos.

ANNA

Et alors ?

ED

Et alors ? Avant-hier à peine un kilo, hier même pas une livre et aujourd'hui, rien !

ANNA

Comment ça, rien ?

ED

Rien !

ANNA

Ton chapeau.

ED

Mon chapeau ?

ANNA

Tu devrais en changer.

Ed

Mais je l'aime bien mon chapeau, je n'ai pas envie d'en changer !

Anna

Il n'a pas les bords assez larges.

Ed

Mais si, il a les bords assez larges.

Anna

Non. La preuve ! *(Ed regarde, interloqué.)* Le soleil finit par t'avoir, il passe en dessous, toi tu ne te rends compte de rien et petit à petit ta cervelle s'échauffe jusqu'au moment où là-dedans ça commence à bouillir, alors les idées ne tiennent plus en place, s'embrouillent, se mélangent. Tout devient flou. Jusqu'au moment où tu confonds les endroits.

Ed

Je confonds les endroits ?

Anna

Et si tu ne fais rien contre, bientôt tu

confondras les noms, les êtres, les choses. Tu appelleras l'arbre «canapé», pour dire «j'ai soif» tu diras «j'ai faim», tu confondras le jour avec la nuit, le ciel avec la terre, ta main avec ton pied, ta chemise avec ta culotte, le couteau avec la patate... Ta vie deviendra infernale et tellement confuse que tu seras obligé de vivre enfermé comme le cousin.

ED

Comme le cousin?

ANNA

Comme le cousin!

ED

Je vais changer de chapeau.

ANNA

Excellente idée!

ED

(Il cherche, n'en trouve pas.) Je n'en ai pas trouvé!

Anna

Dommage.

Ed

Écoute, Anna, tu pourrais me prêter le tien.

Anna

Pas question.

Ed

Pour aujourd'hui seulement.

Anna

Je ne peux pas, c'est tout ce qui me reste de mon pauvre mari, je lui ai promis de ne jamais m'en séparer !

Ed

Tu n'as jamais eu de mari !

Anna

Et alors c'est pas pour ça que je vais te prêter mon chapeau !

Ici, c'est chacun pour soi et lui pour tous. *(Elle désigne le soleil.)*

Ed

(Levant les yeux et parlant au soleil) Tu

ne m'auras pas aussi facilement que le cousin !

Il sort de sa poche un grand mouchoir à carreaux qu'il met sur sa tête et se couvre de son chapeau. Il a alors l'aspect d'un missionnaire.

ANNA

Je vois que tu te débrouilles très bien tout seul...

ED

C'est ça, allez, mettons-nous au travail !

ANNA

J'y suis au travail, regarde ce que j'ai déjà fait !

ED

Tu as vu ce qu'il reste à faire. *(Rire)*

Tous deux épluchent en silence. Un temps passe. De nouveau des notes au violoncelle s'acharnent à reconstituer maladroitement une mélodie.

ANNA

Ah ! Voilà que le cousin remet ça !

ED

J'y vais.

ANNA

Laisse, il s'arrêtera bien tout seul.

ED

Remarque, le matin ça remplace le chant des oiseaux.

ANNA

Des oiseaux qui chantent comme ça, merci bien !

ED

Il essaie de se rappeler.

ANNA

Il n'y arrivera pas, plus il essaie, plus il oublie. Sa mémoire est percée comme une passoire, je me demande même s'il arrive à se souvenir de nous !

ED

Quand il était jeune, il jouait bien, un artiste !

ANNA

Un grand artiste.

Ed

Un très grand artiste ! Tu te souviens quand il jouait… *(Il cherche puis chantonne à peu près la* Lettre à Élise *de Beethoven)*… Ti la li la li la li la la…

Anna

Ti la li la li la li la la… *(Rire)*. C'était tellement beau qu'on ne pouvait pas s'empêcher de pleurer !

Ed

S'il avait voulu, il aurait pu faire pleurer la terre entière. On l'aurait accompagné, toi pour brosser son habit et moi pour porter son violon.

Anna

Celle !

Ed

Hein ?

Anna

Violoncelle !

ED

C'est pareil.

ANNA

Non ce n'est pas pareil ! Un violoncelle c'est mieux, c'est plus gros. Il y a plus de notes, il n'y a que les grands musiciens qui en jouent !

ED

C'est si difficile à jouer ?

ANNA

Il n'y a rien de plus difficile !...

ED

C'est bête qu'il n'ait pas supporté le soleil.

ANNA

C'est plutôt les chapeaux qu'il ne supportait pas ; on avait beau lui répéter, penses-tu, une vraie tête de pioche...

ED

Il n'avait peut-être pas grand-chose dans la tête, mais par contre, dans les mains... je n'ai jamais compris comment il pouvait éplucher deux patates à la fois…

Tous deux tentent d'éplucher deux patates à la fois mais n'y parviennent pas. Les notes de violoncelle cessent peu à peu. Silence.

ANNA

Ah ! Il s'est endormi !

ED

Il se fatigue vite.

ANNA

Heureusement qu'il ne tient pas longtemps.

ED

Heureusement… Plus fine !

ANNA

Quoi ?

ED

La peau, tu gaspilles. *(Anna ne comprend pas.)* Si tu fais des pelures épaisses comme ça, tu gaspilles !

Anna

(Désignant le tas) On ne risque pas de manquer !

Ed

La question n'est pas là ! Il ne faut pas gaspiller la nourriture ; on a bien assez de mal à la faire sortir de terre, c'est pas pour l'y rejeter aussitôt. Tiens, regarde, ta pelure doit être si fine qu'on peut y voir le jour au travers.

Anna

Montre un peu, ma parole, mais tu fais de la dentelle !

Ed

Presque !

Anna

Ça ne m'étonne pas, tu as toujours été plus fort que moi pour la couture. *(Elle éclate de rire.)*

Ed

(Vexé) Ce n'est pas une excuse pour gaspiller !

À présent il fait vraiment chaud. Anna trans-

pire. Elle prend son mouchoir et s'essuie, Ed fait de même.

ANNA

Plus vite je le mouille, plus vite il est sec !

ED

Tenir. Il faut tenir... *(Il se lève pour aller chercher de l'eau.)*

ANNA

Tu devrais attendre un peu plus longtemps, tout à l'heure ça va cogner et tu résisteras moins. Suis mon exemple.

ED

Je me demande comment tu fais pour ne pas avoir soif!

ANNA

Mais j'ai soif, je crève de soif ! Simplement, pour ne pas boire des litres et des litres j'imagine que je n'ai pas soif et crois-moi ça marche, je ne bois presque plus !

ED

Tu ne bois presque plus mais tu transpires drôlement et si tu continues comme ça tu vas perdre toute ton eau, tu vas sécher aussi vite que ton mouchoir. Tu vois l'arbre, tu deviendras comme lui. Tu te rappelles les branches du bas ?

ANNA

Quelles branches du bas ?

ED

Celles qui ont cassé.

ANNA

Celles qui ont cassé ? Tu veux dire que ça peut m'arriver aussi ?

ED

Hé hé hé… on ne peut pas savoir… voilà qu'un jour tu es devenue tellement sèche et tu as envie de te moucher, tu prends ton mouchoir, tu souffles un bon coup et crac… le nez dans le mouchoir !

ANNA

Hein ?

ED

Net d'un coup !... Une autre fois, ton oreille te démange, tu te la frottes et crac... l'oreille par terre. Et après ça s'accélère, un geste un peu brutal et crac plus de bras ! Un autre, crac... plus de jambe et si une fois tu te baisses un peu trop brusquement pour ramasser une patate...

ANNA

En deux !!

ED

C'est fatal ! Et là, ce sera définitif !

Anna affolée va boire goulûment.

ED

Ah ! Sûr que je ne te laisserai pas tomber ! Ça non, je ne pourrai pas ! Je te ramasserai, enfin je veux dire les morceaux. Je ferai tout mon possible pour t'aider, il paraît que le chatterton ça colle tout, je dis ça, mais en fait je ne sais plus s'il en reste...

ANNA

Laisse tomber, je n'en aurai pas besoin !

Ils se remettent à l'ouvrage. Silence. Un temps passe.

ED

J'aimerais bien que les oiseaux reviennent.

ANNA

Ils te manquent ?

ED

Oui et non.

ANNA

Quand ils étaient là, tu ne les supportais pas et maintenant qu'ils sont partis, tu veux qu'ils reviennent. Tu ne sais pas ce que tu veux.

ED

Ce que je veux, c'est fabriquer des épouvantails pour faire partir les oiseaux.

Anna

Mais comme ils ne sont pas là, il n'y a pas besoin d'épouvantail pour les faire partir !

Ed

Justement, c'est ça qui m'inquiète, parce que moi dans les oiseaux, ce que j'aime, c'est faire des épouvantails… Dis, tu crois qu'ils reviendront ?

Anna

Bien sûr qu'ils reviendront ! Ils ne peuvent pas s'empêcher de revenir, c'est dans la nature, ils savent que s'ils ne revenaient pas, les épouvantails ne pourraient pas exister et ils ne peuvent pas faire un coup pareil aux épouvantails, parce que sur cette terre, tout le monde a le droit d'exister, même les épouvantails ! *(Rire)*

Ed

(Angoissé) Des fois je me dis que de là-haut, les oiseaux ne font pas la différence et qu'ils pensent qu'on est nous-mêmes des épouvan-

tails et c'est peut-être pour ça qu'ils n'osent pas revenir.

ANNA

Ne t'inquiète pas pour eux, ils savent faire la différence entre un gros dindon et un épouvantail et je t'assure qu'ils ne vont pas tarder à revenir ! *(Rire)*

ED

Tu crois que je pourrais me mettre à en préparer un dès maintenant ? J'ai une idée pour y faire une tête pire que celle de Sammy.

Ils rient.

ANNA

Non, je crois plutôt que tu devrais attendre, les oiseaux, il faut leur laisser une chance à eux aussi.

Ils rient. Tambourinements, grognements, violoncelle.

ED

Encore ?

Anna

Eh oui, encore.

Ed

Mais pourquoi ne les aime-t-il donc pas avec leur peau ?

Anna

Sammy, c'est un délicat.

Ed

C'est peut-être un délicat mais dans tout ça, nous on passe notre temps à lui éplucher des patates et on n'a jamais un moment de repos.

Anna

La nuit, il nous laisse tranquilles.

Ed

Encore heureux !

Anna

C'est une chance tu veux dire, il y en a qui mangent nuit et jour…

Ed

De toute façon, je ne vois pas pourquoi je m'énerve puisque aujourd'hui on va le...

Anna

Tais-toi, il pourrait nous entendre.

Ed

N'aie pas peur, il ne comprend pas.

Anna

Il comprend ! Il est intelligent, très intelligent. Bien plus que toi ! *(Tambourinements, grognements, violoncelle)* Qu'est-ce que je disais... Voilà, voilà, on arrive...

Ed

Et si on essayait maintenant ?

Anna

Chut !... *(Chuchoté)* Non, c'est trop tôt.

Ed

Justement, il ne s'y attend pas.

ANNA

Tu es fou, il est en pleine forme.

ED

Des fois, j'ai l'impression que tu le protèges.

ANNA

Ce n'est pas lui que je protège, c'est toi ! Il est tellement fort qu'il ne ferait qu'une bouchée de toi. Il faut savoir attendre le bon moment...

ED

Le bon moment, c'est maintenant.

ANNA

Non. Il ne fait pas encore assez chaud ! La chaleur, la chaleur, ça le ramollit et alors là... *(Tambourinements, grognements, violoncelle)* Voilà, voilà... allez !

ED

Non, laisse !

Il porte la bassine seul un moment, puis, exténué, abandonne, Anna vient à son secours.

Anna

Il en a de la veine notre Sammy d'avoir un papy et une mamy comme nous !...

Ed

... Qui s'occupent bien de lui...

Anna

... Et qui l'aiment...

Ed

... Oh ça oui qu'on l'aime notre Sammy gourmand, on ne voudrait pas qu'il lui arrive quelque chose...

Anna

... Oh surtout pas !...

Ils s'éloignent du trou.

Ed

(Chuchoté) Tu vois, il ne se doute de rien, quand il fera bien chaud... *(Geste significatif)*

Anna

Chuuut...

Ed

attendant continue d'éplucher, je vais préparer le casse-croûte, on va bientôt avoir besoin de toutes nos forces… *(Il rit.)*

Anna

Si on mangeait dans le salon pour une fois ?

Ed

On va le salir ! Ce matin tu dormais encore quand j'ai fait le ménage.

Anna

Je ne dormais pas, je lisais.

Ed

Qu'est-ce que tu lisais ? Il n'y a pas de livres.

Anna

Le registre.

Ed

Ah !

Anna

Voilà bien longtemps qu'on n'a rien écrit dessus.

ED

Et pour cause, il n'y a rien à écrire.

ANNA

On a tort, on devrait quand même le faire.

ED

On écrirait quoi ? Qu'il fait chaud ? Que Sammy a toujours faim ? Que le cousin ne se rappelle rien ? Tout ça, on l'a déjà écrit cent fois... À mon avis, le registre ne sert plus à rien, les nouvelles sont toujours les mêmes, on devrait écrire : « la vie ne change jamais » et le fermer pour toujours.

ANNA

La vie change... d'ailleurs ce matin j'ai écrit : « Aujourd'hui la vie continue, pendant qu'Ed fait le ménage, je lis le registre. »

ED

Tu as écrit ça ?

ANNA

Oui !

ED

Et tu as signé ?

ANNA

Oui !

ED

Mais moi je n'ai pas signé.

ANNA

Tu peux y aller.

ED

(Il va chercher le registre. Soigneusement il mouille le crayon et écrit laborieusement.) « Aujourd'hui, rien à signaler. »

ANNA

Tu ne peux pas écrire ça.

ED

Et pourquoi pas ?

ANNA

La journée n'est pas encore terminée, d'ici le soir il y aura peut-être des choses à signaler. C'est à ça que sert le registre : la vie continue.

Ed

Alors j'ajoute : « pour l'instant ».

Anna

Si par exemple on mangeait dans le salon, on pourrait écrire : « Aujourd'hui journée exceptionnelle, casse-croûte dans le salon. »

Ed

« Aujourd'hui journée exceptionnelle, casse-croûte dans le salon. »

Voilà… Ed. *(Il signe.)*

Anna

Chouette, on mange dans le salon.

Ed

Pas question !

Anna

Tu l'as écrit sur le registre.

Ed

Quoi ? *(Il relit.)*

Anna

On est obligés de le faire.

Ed

Je ne m'en suis pas rendu compte. *(Il s'apprête à le rayer.)*

Anna

Ah non ! On ne raye pas le registre. Ce qui est écrit est écrit…

Ed

Si je l'efface, ça ne se verra plus, où est la gomme ?

Anna

Il n'y a plus de gomme.

Ed

Si ! Il en reste un morceau !

Anna

Oh ! Ed, je t'en prie, prenons le casse-croûte dans le salon…

ED

Le salon, c'est pour les invités.

ANNA

On n'invite jamais personne.

ED

C'est qu'il n'y a personne à inviter.

ANNA

Et moi ?

ED

Quoi toi ?

ANNA

Tu pourrais m'inviter.

ED

(Il éclate de rire.) Non mais, tu as vu comment tu es fichue !... *(Il ne se rend pas compte qu'Anna est très touchée par ce qu'il vient de dire et vaque à mettre la table. Puis il s'aperçoit qu'elle est triste.)*

Excuse-moi... je ne voulais pas dire ça...

ANNA

Non, tu as raison, je suis moche, c'est pour ça qu'aucun homme n'a jamais voulu de moi!

ED

Mais c'est pas vrai!

ANNA

Oh si que c'est vrai! Je suis trop petite, trop grosse...

ED

Tu n'es pas plus grosse et pas plus petite qu'une autre, tu es plutôt même bien proportionnée...

ANNA

Tu trouves?

ED

Et comment que je trouve! Si les hommes ne veulent pas de toi, c'est parce qu'ils ne savent pas que tu existes, on est tellement loin de tout ici, oh sûr que s'ils savaient, ils se diraient: «Paraît qu'il y a un beau brin de fille de l'autre côté de la montagne» et ils viendraient. Tu les aurais tous là à tes pieds et tu n'aurais plus qu'à choisir celui que tu voudrais.

ANNA

Tu crois ?

ED

Je ne crois pas, je suis sûr ! Tiens, écoute *(Il écrit)* : « Aujourd'hui, journée exceptionnelle, Ed invite Anna dans le salon. »

ANNA

Oh...

ED

Je vais même demander au cousin si ça lui dit, pour une fois, un peu d'air lui ferait du bien...

ANNA

Tous les trois ?

ED

Tous les trois, comme au bon vieux temps.

Anna

Oh… attends, je ne suis pas prête…

Tous deux se précipitent derrière le canapé où sont rangées leurs valises. Ils fouillent. Ed réapparaît très vite, vêtu de sa veste du dimanche et d'un nœud papillon. À la main, il tient la queue-de-pie du cousin et se dirige vers le vieux frigo. Il frappe à la porte du frigo où est enfermé le cousin. Ce dernier s'exprimera uniquement au travers de son instrument. Notes, rythme, tonalité, intensité, durée, deviendront autant de moyens pour communiquer ses émotions. Ed et Anna doivent se comporter comme s'ils échangeaient avec lui de vraies répliques.

Ed

(Il frappe à la porte.) Cousin ? Cousin ?… Tu es réveillé ?… Excuse-moi de te déranger, je…

Le cousin

Notes aiguës longues et tirées.

Ed

Sammy ? Oui, il va très bien.

LE COUSIN

Notes plus graves courtes.

ED

Non... non, on ne lui a rien fait.

LE COUSIN

Notes rythmées plus agressives.

ED

Je t'assure!... Excuse-moi de te déranger, cousin, mais Anna et moi on a pensé que... enfin... ça nous ferait plaisir si tu prenais le casse-croûte avec nous... c'est pas bon de rester toujours enfermé, ça te ferait du bien de sortir un peu...

LE COUSIN

Notes légèrement interrogatives.

ED

Ah non, Sammy il reste dans son trou!

LE COUSIN

Rythme plus rapide et saccadé.

Ed

Non non, c'est impossible... Sammy ne peut pas manger avec nous, on mange dans le salon...

Silence. La porte s'ouvre.

Ed

Oui, dans le salon... « Aujourd'hui journée exceptionnelle, on mange dans le salon »... Regarde, je t'ai apporté ton habit...

Le cousin

Notes douces.

Ed

Sammy il ne peut pas !... D'abord il n'a pas d'habit !... Alors, qu'est-ce que tu décides ?

Le cousin s'empare de la queue-de-pie, l'enfile, prend son violoncelle et sort ; il va directement au trou de Sammy.

Ed

Où tu vas ?... Non, reviens... laisse Sammy tranquille... mais oui, il est encore là!… Tu as vu?… On ne lui a rien fait. Bon! Tu viens maintenant?…

Ed installe le cousin sur le canapé.

ANNA

(Revêtue d'une robe blanche et d'un chapeau fleuri) Un musicien, oh vous n'auriez pas dû!

ED

Madame, que ne ferait-on pas pour vous.

ANNA

Vous êtes adorable.

ED

(La faisant asseoir) Je vous en prie… *(En aparté)* Ta robe… *(Sourire faux)*

ANNA

(En aparté) Qu'est-ce qu'elle a ma robe? *(Sourire faux)*

ED

(En aparté) Tu marches dessus *(Sourire faux)*.

Anna

Oh, crotte ! *(Ça lui échappe puis sourire faux.)*

Ed s'apprête à la servir.

Anna

Le menu…

Ed

Quoi le menu ?

Anna

Le menu !… *(Elle mime une carte.)*

Ed

Oh ! *(Il présente une carte invisible.)* Nous vous proposons, en entrée : huîtres perlières de Singapour dans leur bain des mers du Sud ou alors caviar de Roskoff sur canapés, dorés au feu de bois. Puis, une côte de bœuf flambée à l'armagnac, accompagnée de petits pois d'Honolulu ou alors un rôti de gazelle façon Zanzibar à la crème de cassis…

Anna

J'hésite entre le caviar et les huîtres…

ED

Chère madame, je vous en prie, prenez les deux.

ANNA

Je peux ?

ED

Et comment donc ! *(Ed soulève la cloche du plat, et découvre une énorme purée. Il sert délicatement Anna.)* Huîtres, caviar…

ANNA

Et du rôti aussi.

ED

D'abord les entrées.

ANNA

J'aime bien les mélanges.

ED

Ça ne se fait pas !

ANNA

Tu m'invites, oui ou non ?

Ed

Bon, comme tu voudras ! *(Il la sert.)*

Anna

Un peu d'armagnac… des petits pois d'Honolulu… de la gazelle… de Zanzibar… et puis encore des huîtres… Ce sera tout !

Ed

Et pour vous, cher cousin ?

Le cousin

Une note brève et grave forte.

Ed

… Un peu de purée… ? Oh je suis désolé, il n'y en a pas au menu, prenez autre chose.

Le cousin

Une note brève et grave forte.

Ed

(En aparté à Anna) … Il veut de la purée, qu'est-ce que je fais ?

ANNA

Donne-lui une tranche de rôti, il ne verra pas la différence !

ED

Voilà… Monsieur est servi.

LE COUSIN

Pizzicati.

ED

… Encore ? *(À Anna)* Tu as raison, il ne s'est rendu compte de rien ! *(Il le ressert.)* Bon, à moi maintenant… Alors, du rôti, encore du rôti, toujours du rôti… là… bon appétit à tous !

ANNA

Merci.

Ils mangent en silence, le cousin mange vite. Il en redemande. Ed le sert de nouveau.

ANNA

Ces huîtres sont délicieuses, je me régale.

Ed

Arrivage direct des mers du Sud.

Anna

Oh! Les mers du Sud! Ça doit être merveilleux d'habiter là-bas, avec des palmiers, des singes, des cocotiers…

Ed

Et des requins.

Anna

Des requins! Alors on ne peut pas se baigner?

Ed

Bien sûr que si, ils s'apprivoisent très facilement. Pendant plusieurs années j'ai apprivoisé les requins dans les mers du Sud… si je vous emmène, je vous montrerai comment faire, c'est une rigolade!

Anna

Vous y allez bientôt?

ED

Ce soir.

ANNA

Emmenez-moi, je vous en prie, emmenez-moi, j'ai toujours rêvé des mers du Sud. Les plages immenses qui s'étendent sur des milliers de kilomètres, du sable fin, si fin qu'on en mangerait, et la mer bleue, tellement bleue...

Le cousin se met à jouer du violoncelle. Musique dissonante et désagréable.

ED

Chut!!!

ANNA

Laissez-le, il joue si bien! Parlez-moi encore des mers du Sud.

ED

Le silence... le silence des mers du Sud, rien n'est plus reposant, seulement le bruissement du vent frais sur le feuillage...

Anna

Vous voulez dire du vrai vent qui souffle sur la peau ?

Ed

Du vrai vent qui emmêle les cheveux, que l'on respire à pleins poumons et qui donne envie de courir et de se jeter dans la mer.

Anna

De se jeter dans la mer ?

Ed

De se jeter dans la mer.

Anna

Dans la mer…

Ed

La mer…

Anna

Dans la mer…

Ed

La mer…

Un temps passe. La musique du cousin, comme un arrosoir percé du mauvais côté, décline progressivement. Il s'endort. Enfin le silence d'un paisible champ de patates. Un autre temps passe. Ed et Anna transpirent. S'en vient la valse des mouchoirs. Accablée de chaleur, Anna ôte son chapeau et s'évente.

ANNA

Ed !... Refais-le !

ED

Quoi ?

ANNA

Le mouchoir !

ED

Quoi le mouchoir ?

ANNA

Le geste du mouchoir... refais exactement le même... ne pose pas de questions... allez... non, plus haut le bras... la main entre les yeux... là... la bouche fermée... là... ne bouge plus...

Ed

Qu'est-ce que j'ai ?

Anna

C'est extraordinaire !

Ed

Quoi ?

Anna

Extraordinaire et inquiétant...

Ed

Mais quoi ?

Anna

Nous avons déjà vécu ce moment, toi assis là avec ton mouchoir, le cousin endormi sur le canapé, et moi ici à te regarder le chapeau à la main.

Ed

Hein ?

Anna

Tout ça on l'a déjà fait.

ED

Je ne me souviens pas…

ANNA

Si, si, même qu'après tu vas te lever et tu vas me dire « pince-moi ».

ED

(Il se lève.) Pince-moi ?

ANNA

Tu vois !… Ed… j'ai peur… si rien n'existait, si ni toi ni moi n'étions là, s'il n'y avait jamais eu de ferme, ni de patates, ni de Sammy… si tout ça n'était qu'un rêve…

ED

(Rire) Si tout ça était un rêve, il faudrait d'abord quelqu'un pour le rêver… Qu'est-ce qu'il y a ?

ANNA

C'est toi le rêveur.

ED

Moi ?

Anna

Arrête ce rêve-là.

Ed

Mais je ne rêve pas.

Anna

Fais-en un autre… rêve qu'on est dans les mers du Sud avec du vent frais et des vagues bleues, rêve qu'on apprivoise les requins féroces…

Ed

Anna, tu devrais remettre ton chapeau, ça va te rafraîchir les idées.

Anna

Rêve autre chose ou je fais un malheur.

Ed

Mais Anna je ne rêve pas! Tout ça c'est vrai. Je suis vraiment en train de te dire que je ne rêve pas et tu es vraiment en face de moi à me dire que tu veux faire un malheur et nous sommes vraiment tous les deux en train de parler d'un rêve qui n'existe pas.

ANNA

Je vais faire un malheur.

ED

Non, Anna, écoute-moi, je peux te prouver ce que je dis.

ANNA

Alors, prouve-le ! Mais attention à toi si tu mens !

ED

C'est très simple, Anna. Si je rêve c'est que je dors, donc si tu me réveilles mon rêve partira en fumée et tout disparaîtra, hein ? Mais si je ne rêve pas, tout va rester, d'accord ?

ANNA

D'accord.

ED

Pince-moi ! Pince-moi ! *(Anna ouvre des yeux énormes et s'évanouit.)* Anna, Anna, sacré nom de Dieu, voilà qu'elle tombe dans les pommes, trop chaud, elle a trop chaud ! Vite, un ventilo ! Anna, Anna, réveille-toi !

ANNA

Ed... Ed...

ED

Ça va aller, ça va aller, c'est ton chapeau, tu n'aurais pas dû l'enlever.

ANNA

Ed, j'ai fait un cauchemar, un sale cauchemar...

Tambourinements, grognements, violoncelle solo du cousin agité.

ED

(Se redressant et agressant le cousin) Oh toi ! Tu me casses les oreilles, donne-moi ce violon !

Il tente de l'arracher au cousin ; le cousin réagit violemment en repoussant Ed qui renverse la table. Le cousin, vexé, s'en va dans son frigo dont il claque la porte.

ANNA

Ça y est, le voilà vexé pour la journée, tu n'es pas assez doux avec lui !

ED

Et lui, avec moi ? Regarde-moi ça ! C'est bien la peine que je passe la matinée à faire le ménage !

ANNA

C'est pas de sa faute, fallait pas toucher à son instrument.

ED

Je ne le supporte plus, son violon.

ANNA

Celle... violoncelle... Évidemment, il ne joue plus aussi bien qu'avant, mais c'est plus fort que lui, quand Sammy a faim, ça lui fait presque mal… L'amour, ça doit être ça, avoir presque mal quand l'autre a faim… *(Silence. Un temps passe. Elle regarde Ed. Le soleil tape de plus en plus fort. De nouveau un temps.)* Allez, viens… on va éplucher.

ED

(Assis, abattu) Éplucher, éplucher, tu n'as que ce mot à la bouche. Eh bien épluche toute seule, moi j'en peux plus d'éplucher !

ANNA

Et Sammy ?

ED

Occupe-t'en de Sammy, moi j'aimerais bien avoir un peu de temps à moi.

ANNA

Et qu'est-ce que tu vas en faire de ce temps à toi ?

Ed

Rien !

Anna

Rien ?

Ed

Rien ! Rien ! Rien ! Je vais rester là assis à ne rien faire.

Anna

Tu ne veux plus éplucher ?

Ed

Tu as bien entendu ! Mais ça ne t'empêche pas de le faire, vas-y, vas-y, toi il faut toujours que tu fasses quelque chose, alors ne te gêne pas, fais ! Moi, je veux simplement rester assis là et regarder devant moi...

Anna

Et rien d'autre ?

Ed

Rien d'autre, simplement exister.

ANNA

Exister ?... Tiens, tu devrais boire un peu. *(Elle lui tend un verre.)*

ED

Tais-toi, mais tais-toi donc ! J'ai besoin de silence pour penser.

ANNA

Penser ? C'est nouveau, ça ! Voilà que tu es devenu un gros dindon penseur. Ah, ça ne m'étonne pas de toi, pour penser tu es toujours le premier mais quand il s'agit de faire il n'y a plus personne...

ED

Qu'est-ce que tu insinues ? *(Anna ne répond rien.)*... Qu'est-ce que tu insinues ? Hein ? Dis-le ! C'est de lui que tu parles ? C'est ça ? Tu crois que je ne suis pas capable d'en finir ? Eh bien tu te trompes, je vais en finir immédiatement et quand je m'en serai débarrassé, on aura enfin la paix et je pourrai penser tranquillement si j'en ai envie.

Il se lève, jette son chapeau et va chercher le couteau qu'il affûtait au début.

ANNA

Ton chapeau ? *(Elle ramasse le chapeau et le remet sur la tête d'Ed.)*

ED

J'ai pas besoin de chapeau pour y voir clair ! *(Il rejette le chapeau.)*

ANNA

Le soleil va t'avoir.

ED

Il peut toujours courir pour m'avoir ! *(Mauvais regard au soleil)* Et toi là-haut ! Je t'ai à l'œil, tu crois que je le comprends pas, ton petit manège ? Je ne suis pas le cousin moi ! J'ai la tête dure, tu entends, j'ai la tête dure… *(Il rit.)* Allez, tape encore plus fort, tu es froid là, chauffe, chauffe, la chaleur ça le ramollit le Sammy, quand je serai sur lui, il ne se rendra compte de rien!... Par contre, toi, tu verras tout! Tu vois toujours tout. Comment ils sont, les hommes de là-haut? Hein? Petits, tout petits, minuscules comme des mouches *(Rire),* des mouches qui courent dans tous les sens... rien que des mouches... je suis une mouche... bzz bzz bzz...

ANNA

Ed. *(Elle lui met son chapeau qu'il rejette.)* Tiens, bois, ça ira mieux...

ED

Je n'ai pas soif, j'ai faim!

ANNA

Mais on vient de manger.

ED

Raison de plus, l'appétit vient en mangeant.

ANNA

Pourquoi tu me regardes comme ça ?

ED

Comment comme ça ?

ANNA

Comme ça.

ED

Comme ça... comme ça... ?

ANNA

Ed, remets ton chapeau, je t'en prie...

Un temps d'observation. Ed se dirige vers Anna. Dans sons regard brille une lueur démoniaque.

ED

Sammy, viens mon petit Sammy.

ANNA

Ed ! *(Horrifiée)* Je suis Anna.

ED

Petit, petit, viens mon petit.

ANNA

Anna, je suis Anna.

ED

N'aie pas peur, papy Ed il t'aime bien tu sais, il ne veut pas te faire de mal.

ANNA

Anna ! Anna !

ED

Elle est partie Anna, elle n'est plus là… mais viens, viens, on va aller la chercher tous les deux.

ANNA

Au secours ! Ed, réveille-toi, réveille-toi, c'est le soleil qui t'a eu.

ED

Le soleil, où ça le soleil ? Il n'y a pas de soleil ici, il fait nuit, nuit noire. Viens mon petit Sammy, on va faire un voyage, un grand voyage loin de tout. *(Il l'attrape.)*

ANNA

Ed ! Je t'en prie, je suis Anna, Anna, c'est une erreur !

ED

Nous sommes tous des erreurs.

ANNA

Sammy est dans son trou.

ED

Non, tu n'iras plus jamais dans le trou, Sammy, tu vas être libre pour toujours, pour toujours... *(Il lève son couteau.)*

À ce moment, violoncelle, tambourinements, grognements. Ed est déséquilibré, Anna se libère, va vite chercher un seau d'eau et le jette sur Ed.

ED

Mais en voilà des façons de m'asperger ! ?...

ANNA

Sammy... dans son trou... dans son trou, Sammy...

Ed

Oui et alors ?

Anna

Moi Anna ! Anna ! Compris ? Moi Anna… Sammy là-bas… Anna ici…

Ed

Anna, tu vas bien ?… Tu devrais faire attention au soleil. Allez viens, il a faim ! J'espère que c'est la dernière fois qu'on lui épluche des patates… ben, qu'est-ce qu'il fait là, le couteau ?

Anna

(Se précipitant, elle lui arrache le couteau de la main.) C'est le soleil, le soleil qui l'a mis là…

Ed

Le soleil ?

Ils se remettent à l'ouvrage. Silence. Ils épluchent. Silence. Un temps passe. Chaleur lourde, vraiment lourde. La porte du frigo s'ouvre. Apparaît le cousin. Il va jeter un œil au trou de Sammy.

Ed

Mais oui, il est là, il ne s'est pas envolé.

Anna

Je n'aime pas le voir comme ça, il sent quelque chose.

Ed

Tiens, le voilà qui sort son artillerie.

Le cousin sort pupitre, tabouret, partition et les installe près du trou.

Anna

Il va drôlement être triste après...

Ed

Ça ne dure jamais bien longtemps, le cousin il est comme un gamin : il pleure un bon coup et après c'est fini.

Anna

Cette fois-ci, il a l'air d'y tenir au Sammy, c'est pas comme d'habitude, il y a quelque chose de différent.

ED

Ne t'en fais pas, il l'oubliera, il a bien oublié les autres.

ANNA

Regarde, il va lui faire une sérénade.

ED

Ma parole, il est amoureux ! *(Il rit.)*

ANNA

Ah ! Ce n'est pas à moi qu'un homme viendrait faire la sérénade.

ED

Peut-être qu'un jour il y en aura un qui se dévouera.

ANNA

Qui se dévouera ? Merci bien ! Celui-là je lui mettrai un bon coup de poing dans le nez et il ne se dévouera pas de sitôt !

Tous deux rient. Le cousin joue.

ED

Aïe, aïe, aïe ! Voilà que c'est reparti.

ANNA

Ne t'en fais pas, le violoncelle et le soleil, ça va te les endormir en deux minutes et après...

Un temps passe, le cousin s'endort sur son violoncelle.

ANNA

Qu'est-ce que je te disais, ils dorment... le moment est venu.

ED

Et le cousin ? On devrait peut-être le remettre dans son frigo ?

ANNA

Penses-tu, quand il dort, il dort. *(Elle va chercher le couteau.)* Tiens, vas-y !

ED

(Il regarde le couteau.) Heu... il... il n'est pas très bien affûté.

Anna

Tu l'as affûté ce matin.

Ed

Ce matin c'était ce matin, n'empêche que maintenant il ne coupe plus !

Anna

Alors affûte-le encore une fois. *(Ed affûte le couteau.)* Dépêche ! Sammy va se réveiller et il sera trop tard...

Ed

Oui, Oui... j'aurais l'air malin avec un couteau qui ne coupe pas... *(Il arrête, regarde la lame, est content de lui.)*

Anna

Bon, ça va ? Tu es prêt ?

Ed

J'ai soif.

Anna

Ce n'est pas le moment.

Ed

Il faut que je boive sinon je ne pourrai rien faire.

Anna

Bon ! *(Elle va lui chercher un peu d'eau.)* Tiens ! *(Il boit.)* Là... allez !

Ed regarde fixement le trou. Il s'avance puis s'arrête.

Anna

Qu'est-ce que tu attends maintenant ? Vas-y !

Ed

Silence ! Je me concentre...

Un temps passe. Silence. Anna est agacée.

Anna

Ça y est ?

Ed

Pas encore.

Un nouveau temps. Silence.

ANNA

Humm…

ED

Chut ! ! ! Là.

ANNA

Enfin ! Alors tu es concentré, tu n'as plus soif, ta lame est assez aiguisée… ?

ED

Oui.

ANNA

(Elle le regarde dans les yeux.) Ed… bonne chance…

ED

Merci !

D'un pas déterminé, Ed s'avance vers le trou mais, arrivé presque à son but, il recule.

ANNA

Quoi encore ? Mais ma parole, tu as peur ? C'est ça hein, tu as peur ? Tu n'es pas un homme !

Ed

Je ne suis pas un homme ?

Anna

Si tu étais un homme, tu serais déjà dessus. Il dort à poings fermés, tu ne risques rien, un petit coup de couteau et c'est fini et après à nous les grands plaisirs, pense à tout ce que l'on va se mettre !

Ed

Tu as raison, j'y vais ! *(Déterminé, il arrive au-dessus du trou, penche la tête, regarde et recule brusquement.)* Il a bougé !

Anna

Hein ?

Ed

Je t'assure, il a bougé.

Anna

Et alors ? Il est pas encore mort, il dort, allez !

ED

(Y retournant une nouvelle fois mais visiblement il ne peut pas.) Je ne peux pas ! Je ne peux pas… j'ai l'impression qu'il me regarde…

ANNA

Il a les yeux fermés !

ED

Il a les yeux ouverts !

ANNA

Donne-moi ça ! Trouillard ! *(Elle arrive au trou.)* Ah !

ED

Tu vois.

ANNA

Il me regarde !

ED

Il s'est réveillé…

ANNA

Sammy, Sammy, ferme les yeux, je t'en

prie, ferme les yeux, ne me regarde pas comme ça, je ne t'ai encore rien fait. Pourquoi il me regarde comme ça avec ses grands yeux tristes?

ED

Sans doute qu'il a deviné, il sait ce que tu veux lui faire.

ANNA

Alors, pourquoi il ne bouge pas?

ED

Il est résigné... Anna, il nous parle avec ses yeux.

ANNA

Et qu'est-ce qu'il dit?

ED

Il dit: «sans cœur».

ANNA

«Sans cœur»? On est des «sans cœur», Ed?

ED

Sans doute puisqu'il le dit...

Anna

Ed… je ne peux pas, vas-y toi.

Ed

Non, toi.

Anna

Allons-y ensemble.

Leurs mains sont sur le couteau.

Ed

Il nous regarde toujours.

Anna

Fais comme moi, ferme les yeux.

Ed

Si je les ferme, je ne vois plus rien.

Anna

Moi non plus… *(Leur geste reste suspendu en l'air. Ils n'y arrivent pas. Résignés.)* Ed, on n'a qu'à lui laisser aujourd'hui.

ED

Oui, je suis de ton avis, on lui laisse aujourd'hui… Non, Sammy, on n'est pas des « sans cœur »… Tiens, tu vois le couteau, ce n'est pas pour toi, c'est pour les patates ! On va t'en apporter une pleine bassine, tu vas te régaler…

Ils lui apportent une pleine bassine qu'ils versent. Ils le regardent manger. Un temps passe. Ils se regardent. Silence.

ANNA

Ed !

ED

Anna ?

ANNA

On laisse tout tomber et on va dans les mers du Sud.

ED

Et le cousin ?

ANNA

On oublie le cousin et on oublie le reste.

Ed

Il va être triste.

Anna

Tant pis pour lui.

Ed

Ne dis pas ça, tu ne le penses pas, quand il est triste il pleure.

Anna

Il fera comme nous, il apprendra à souffrir en silence.

Ed

Qui s'occupera de lui ?

Anna

Lui-même, il se débrouillera bien tout seul.

Ed

Il ne sait pas.

Anna

Il apprendra et après il s'en ira à son tour.

Ed

Alors personne ne restera ici ?

Anna

Plus personne.

Ed

La ferme restera vide.

Anna

Les oiseaux reviendront.

Ed

Et plus personne pour faire des épouvantails, quel gâchis… Et nous, si on ne trouve pas le chemin des mers du Sud, on sera perdus…

Anna

On ne peut pas être plus perdus qu'ici !

Ed

Oui, mais ici au moins, on est perdus chez nous… Les patates vont pousser, si on ne les cueille pas elles vont pourrir… Quel gâchis !

Quel gâchis!

Ed et Anna font leurs valises. Un dernier regard, puis ils partent. À ce moment, le cousin qui s'est réveillé a vu quelque chose dans le trou de Sammy qui l'a mis en joie. Heureux, il joue de son violoncelle et, pour la première fois, sa musique est mélodieuse, une mélodie joyeuse. Ed et Anna en entendant les sonorités réapparaissent et restent interloqués.

ANNA

Il se rappelle, il se rappelle…

ED

Anna, si le cousin se rappelle, tout n'est pas perdu! Non!

Ils se précipitent vers le cousin qui leur montre le trou… Ed et Anna regardent. Ils sont stupéfaits.

ED

Non!

ANNA

Oh! Ce n'est pas possible!

Ed

Oh ben ça, c'est la meilleure !

Anna

Des petits, des petits, tu te rends compte, Sammy a eu des petits !

Ed

Une femelle, c'est une femelle !

Anna

Et tu le savais cousin ! et tu ne nous as rien dit !

Ed

Regarde-moi ça ! Il y en a une tripotée... un, deux...

Anna

... Trois, quatre...

Ed

... Cinq, six ! Six ! Tu te rends compte, six !

Anna

Oh quelle bonne journée ! Quelle sacrée

bonne journée ! Attrapes-en un, Ed, qu'on lui voie la frimousse !

Ed en attrape un : c'est un petit cochon qui se sauve à toutes jambes.

ED

Pour ça oui, c'est une bonne journée, une journée exceptionnelle. Tu avais raison, Anna, la vie continue...

ED et ANNA

La vie continue, la vie continue...

Ils dansent sur la musique très gaie du cousin.

Pour tout complément d'information
(biographies d'auteurs, bibliographies,
recherches thématiques) :

www.ecoledesloisirs.fr

DearS

ディアーズ

präsentiert von

Studio PEACH-PIT **02**

REPORT

TOKYOPOP®
HAMBURG // LONDON // LOS ANGELES // TOKYO

CHARACTER & STORY

Neneko Izumi

Neneko ist ihr Spitzname. Alte Schulfreundin Takeyas. Ziemlich cool.

Takeya Ikuhara

Schüler der Oberstufe. Lebte vorher allein. Wurde durch Zufall Rens »Vormund«

Ren

Eine DearS, die mit Takeya das Apartment teilt. Schläft im Schrank. Nannte als vollen Namen Renrenrennagusaranrenshiia Rurunnren Nakora. Wahrheitsgehalt unbekannt.

Hikoro Oikawa

Spitzname: Oihiko. Takeyas Schulfreund und glühender DearS-Fan.

Teacher-Mitsuka

Takeyas hübsche Klassen- und Englischlehrerin. Ambitioniert, aber extreme Exhibitionistin.

Was bisher geschah:

Takeya besucht die Oberstufe und lebt alleine in einem Apartment. Eines Tages begegnet er einem seltsamen Mädchen auf der Straße, das sich als eine der außerirdischen DearS entpuppt. Ein Jahr zuvor waren etwa 150 DearS auf der Erde gelandet, hatten Japans Bürgerrechte erhalten sowie die Sprache und die Sitten gelernt. Doch jenes Mädchen kann kaum Japanisch und ist auch sonst völlig ahnungslos. Takeya bleibt nichts anderes übrig, als die vom Hunger geschwächte Dears aufzunehmen und gibt ihr den Namen Ren. Auch sie besitzt die bei den DearS übliche außergewöhnliche Intelligenz und das ausgeprägte Sprachtalent. So lernt Ren mit Unterstützung von Takeyas alter Freundin Neneko über Nacht Japanisch. Sie nennt Takeya »Gebieter« und fängt an, sich richtig bei ihm einzunisten. Eines Tages erfährt man in Takeyas Schule von Rens Existenz, und nachdem im Zuge eines Homestay-Programms eine DearS-Gastschülerin erwartet wurde, wird Ren irrtümlich für diese gehalten und für den Schulbesuch zugelassen...

7. Kontakt

Ähm... darf ich kurz stören?
Hallo...
... ich bin die neue DearS-Gast-schülerin!
Mein Name ist Miu.
Könnt ihr mir sagen, wo meine Klasse ist?

Ähm... da entlang, aber...
Vielen, vielen Dank! Das ist mir eine große Hilfe!
Ich werde ab heute täglich hier bei euch in der Schule sein...
... und bitte auch weiterhin um eure freundliche Unterstützung, da ja alles noch neu für mich ist!
Ach, äh...
Nein ...
Tut mir echt Leid, aber...
... keine Fotos und Autogramme in der Schule – das macht zu viel Rummel!
Ich weiß euer Interesse zu schätzen, aber verschieben wir das auf nach dem Unterricht.
Aber ...
Ein Händedruck muss vorerst reichen!
Und nun entschuldigt mich bitte...
Aber... kam da nicht schon gestern eine...
Ja...

Uff...
Wie siehst du denn aus, Takeya?
Hab kein Auge zugetan...
... wegen Ren...
Was war denn mit ihr?
A...ach nichts...
Schneller, ihr beide! Der Morgenappell beginnt!
Ach, stimmt ja... Heute stellt sich Ren ja der Schule vor!
»Ren freut sich, hier zu sein!«
»Ren mag diese Schule!«
Hihi, das wird eine tolle Rede!
Ah! Da seid ihr ja endlich!

Was gibt's denn, Oihiko?
Ha...ha... habt ihr s...sie ge...ge... gesehen...?!
Guten Morgen, Ren! ♡
Tag, Oihiko ...
Wen denn?
Na, die Betrügerin!
Eine falsche DearS-Gast-schülerin treibt sich an der Schule rum!
Hm? Ist uns nicht begegnet, aber...
Tz! Dass sie mir, dem Vorsitzenden des DearS-Fanklubs der Stadt, entgangen ist...
Fan-klub?
Na ja... solltet ihr sie sehen, sagt mir Bescheid, okay?
Unser Engel ist schließlich schon in Form von Ren auf unsere Schule herabgestiegen...
Stimmt's, Ren?
...?
Spinn ich, oder...
Hm...?
ざわっ
Wer ist denn das?

Guten Tag!
Hallo!
Äh... hallo...
Hä?
Sie sagt, sie sei die neue DearS-Gastschülerin...
Hm... das Aussehen hätte sie ja...
Ist das eine Verkleidung?
Hallo, ich bin...
Äh... Tag...
Bis dann!
Hm? Sie rennen weg?
Hey! Warum so schüchtern?
Na ja... vielleicht haben sie ja noch nie eine echte DearS gesehen...
Aber überall sonst ist man als DearS von Leuten nur so umringt...
An dieser Schule scheinen alle etwas schüchtern zu sein...

Ja! Ich hab ein Foto der Pseudo-DearS!
Wir müssen sofort Oihiko Bescheid sagen!
...
Pseudo ...?
Die Schulversammlung beginnt in Kürze...
... bitte alle Schüler sofort in die Turnhalle...
Hm...?
Hm...?

Ach... das ist also eine Schulversamm-lung...
Was steht denn auf dem Pro-gramm?
Ruhe da hinten!
Es ist mir eine Freude...
... euch heute ganz offiziell...
... eure neue DearS-Mitschülerin vorzustellen!
Darf ich bitten...
Hä?!
Ach, das war's also! Die haben alle die Willkommens-feier geheim gehalten!
Wie sehe ich denn aus...?
Ich hätte das zwar lieber früher gewusst... aber es ist toll inszeniert!

Hier ist Ren, unsere neue Schülerin von den DearS!
Hm?

Was hat das zu bedeuten?!
Hm...?
Die von heute Morgen!
Was soll das bitteschön?!
Ich bin hier die Gastschülerin! Was hast du hier zu suchen?!
Ren ist auch Gastschülerin ...
Quatsch! Eine Betrügerin bist du!

Hä? Ren? Eine Betrügerin?
Was soll das heißen?
Was redet sie da?
Takeya ...
Äh...
Sie ist eine Betrügerin!
Verkleidet, hm?
Nicht sehr überzeugend...!
Verstehe ...
Dann passt mal gut auf!
Oh... ich sollte vielleicht...
Sekunde bitte...

しゃららーんと
Was sagt ihr nun?!
ちゃ
ん

Sieht schon eher danach aus...
ざわ
Sie hat sich doch bloß umgezogen!
ざわ…
Hey!
Jetzt fällt's mir wieder ein!
Na klar!
Sie war damals bei der Zeremonie, bei der den DearS die Menschenrechte zuerkannt wurden!
Stimmt! Sie war oft im Fernsehen!
Sieht ja echt süß aus!
Hey! Ich will auch was sehen!
Hi hi ...
Ha!
校長室
Hier ist meine Bescheinigung! – Wäre die Sache damit geklärt?
Ähm... das heißt also...

... dass du... Miu... eigentlich unsere neue Schülerin wärst...
So ist es!
A...aber... da wir nun schon Ren offiziell als Gastschülerin aufgenommen haben...
Ähm...
Ich weiß, das mag enttäuschend sein, aber...
Das soll wohl ein Scherz sein?!
Ich bin noch nie so gedemütigt worden!
Was regt sie sich so auf?
...
Ich will mich nicht selber loben, aber...
Eine unbescholtene, hoch intelligente, wunderschöne DearS wie ich, die oft als Vorzeigemodell meines Volkes diente...!
Ich wurde sogar Betrügerin genannt!
Ich denke...
... man hat mich wohl mit diesem zwielichtigen Geschöpf hier verwechselt!

Wie wär's, wenn du auch mal den Mund aufmachen würdest?!
Zwie-lichtig...? Warum sagt man nicht »zweilich-tig«?
Bei dir sagt man am besten »unterbe-lichtet«!!
Hm...?
おいっ
Ich erinnere mich gar nicht an dich...
Wir müssten uns auf dem Schiff doch mal begegnet sein!
Von wem stammst du eigentlich ab? Ich bin von den berühmten Auseem...
...
Ren ist eine Na-kora...
Wo-von reden die?
?
Hm? Nie von denen gehört...
Na egal... Wie heißt du?
Ren...
Äh...
Lass die blöden Scherze!!

Willst du behaupten, du hast keinen Namen?!
Hör auf, mich zum Narren zu halten!
むかぁ
Hä?
Ja! Takeya hat Ren den Namen »Ren« gegeben!
Aber Rens Name ist »Ren«!
»Ren« heißt doch »nichts«! Das soll dein Name sein?!
Er war das?
Dann ist er also dein...
?
Ja!
Verstehe... Es heißt ja »wie der Gebieter, so der Sklave«...
Ich sehe hier weder Würde noch Intelligenz...
Er ist vielleicht nicht der Klügste, aber er ist Rens Gebieter!
Das kann doch alles nur ein Witz sein...
Jedenfalls bin **ich** Schülerin dieser Schule!
Verschwinde also!
Ren bleibt, wo Takeya ist!
Oh Mann...

Wir werden j sehen!
ぎ
Äh... Moment mal...
む!
Hm... Ren übertrifft sie zwar in der Größe, aber die Oberweite da ist auch nicht übel...
Wa... wa...
Alle Achtung, Miu... Okay, beruhigt euch!
Es ist nun mal so passier und Ren ha es ja nicht böse ge-meint...
Wie wär's, wenn ihr einfach beide hier zur Schule geht?
Kommt gar nicht in Frage!!
Wieso sollte diese Betrügerin auch...
Ta-keya ...
... Ren ist vielleicht böse...
... aber Ren will... mit Takeya zur Schule ...

Das ...
... das ist gemein! Die arme Ren!
Es wäre herzlos, sie jetzt raus zu werfen!
Ren war zuerst da!
Wenn jemand geht, dann du!
Hä?!
A...aber ich...
... habe mich so darauf gefreut, mehr über euren Planeten zu lernen...
Ging wohl zu weit...
Hm...
...
Ich gebe nicht auf!
Ah, wieder erholt ...
Ren! Wir machen einen Wettstreit!
Dabei wird sich zeigen, wer die bessere Kandidatin für die Gastschülerschaft ist!

DearS-Entscheidungskampf
Das artet echt aus...
Ren, du schaffst es!
Kämpfe, Miu!
In der ersten Runde geht es um Schnelligkeit.
Wer zuerst das Band erreicht, hat gewonnen!
Ich muss also nur schnell laufen...?
Ja! Startposition einnehmen, und wenn das Signal...

... ertönt...
Hm?
Wow! Habt ihr das gesehen?!
Das... war zu schnell...
... für die Stopp-uhr...
Macht nichts, Ren! War trotzdem eine tolle Leistung!
Das ist unfair! Das war doch ein Fehlstart!
Ach so...?
Tja, dann hast du verloren, Ren...

Zweite Runde: ein schriftlicher Test in fünf Fächern!
Ich gewinne!
Japanisch Mathe Englisch Chemie Geschichte
100 0 0 0 0
100 100 100 100 100
Du bist einsame Spitze, Ren!
Einfach rührend...
Was... was soll das...?
Ich habe doch gewonnen!
Es steht 100 zu 500 – ein eindeutiger Sieg für mich!
Die Sache ist so gut wie gelaufen!

Ren, hast du auch wirklich das Erd-Adaptions-Programm für DearS absolviert?
...
Moment mal! Sie... sie hat vor einigen Tagen gerade mal die Sprache gelernt!
Der Wettkampf ist unfair!
Takeya ...
Das... das kann nicht sein! Wir DearS haben doch...
Hm? Stimmt das etwa, Ren?
Aber du sprichst doch fließend...
Entschuldige... Ren war gestern so müde, dass sie das Lernen vergessen hat...
... darum kann Ren außer der Sprache nichts...
Ren hat ihre Sklavenpflicht nicht erfüllt...
Entschuldigen auch Sie... Ren hat das Englischbuch nicht fertig durchgearbeitet...
Ach... äh... schon gut!
Bitte nicht... diese feuchten Augen... Ahhh...!

Ich hab's! Ich erkläre den bisherigen Wettkampf für unentschieden!
Bei Japanisch war immerhin Gleichstand!
A... aber...
Es bleibt dabei!
Sie hatte außer Japanisch ja noch nichts gelernt!
Eben ...!
Tz ...!
Küchen-Kolosseum
N...nun gut... dann also zur dritten und letzten Runde...
... dem Koch-Showdown!
Kochen...? Wieso das...?
Ge-nau!
Kochen ist eine wichtige Fähigkeit für Sklaven... äh... für uns DearS.
Das Benutzen von Kochbüchern und Rezepten ist verboten!
Wer von einer ihr wichtigen Person ein Lob für das Essen bekommt, hat gewonnen!
Gekocht wird...

... Fleisch- und Kartoffeleintopf!
Ich habe gehört, dass die Leute hier bei dem Gericht immer ganz sentimental werden, weil es so typisch für ihr Heimatland ist...
... und dass Männer, die davon essen, nicht anders können, als der Köchin - oder auch dem Koch - sofort einen Heiratsantrag zu machen!
Oder so ähnlich...
Na ja...
Jedenfalls wirst du hier im Küchen-Kolosseum...
... deine große Niederlage erleben!
Sprich dein letztes Gebet!
Seltsamer Spruch für eine DearS...
Es geht los!!
Ich nehme nicht an, dass du irgendwelche Kochbücher bei dir rumliegen hattest...
... in denen das Rezept steht, oder?
Du schaffst es, Ren!

Wenn du jetzt versagst, fliegst du von der Schule!
Geübter Umgang mit dem Messer bei Miu...
... Stillstand bei Ren...
Ren hat keine Chance...
Ich hätte ihr doch mal was beibringen sollen...
Wir waren zu Miu zwar nicht fair...
... aber nun tut mir Ren echt Leid...
...
Wer von einer ihr wichtigen Person...
... ein Lob für das Essen bekommt...
Ah... nun setzt sich auch Ren in Bewegung...
Sie nimmt etwas aus der Tasche ...

Sie tut etwas in den Topf...
He...hey! War das eben ein süßes Brötchen ?!
Ach... sicher nur Einbildung...
Die Zeit ist um!
Kommen wir nun zur Bewertung!
Zunächst den Eintopf von Miu...
Ich hoffe, es trifft den Geschmack eures werten irdischen Gaumens ...
Wie ist es...?
...
Vi...vielen Dank...!
Hmmm...! Köstlich!
Gut abgestimmte Würze... hervorragend!
Die Kartoffeln gerade richtig...
Stimmt!
Ren findet es auch sehr lecker!
He...hey... du solltest lieber...

Sehr gut...!
Ren mag diesen Geschmack!
...
Gleich bist du an der Reihe! Also los!
Okay.
Und nun zu Rens Gericht!
Äh...

Da...das soll...
... d...der Eintopf sein?
Will gar nicht wissen, was da drin ist...
Takeya! Probier mal!
Ren hat sich bemüht, um ein Lob von dir zu bekommen!
Kriegt Ren ein Lob? Kriegt Ren ein Lob?
...
Das wird wohl ihre letzte Erinnerung an ihr Schülerda-sein hier sein...
Schmeckt es dir? Ist es gut?
...
Urgh... ump... urgs...
... esch-megg...

... g... gut...
Takeya weint!
Eine Bahre! Los!
Tränen aus Blut!
Heißt das... es ist sogar so gut, dass es ihn umgehauen hat?!
Das muss eine Verschwörung sein!
Das Zeug kann doch nicht...
Ah...! M... Miu...!
Sie hat davon ...
Da... das... das ist ja...
Das schmeckt ja wunderbar!!
Häää ...?!

Dieser facettenreiche, delikate Geschmack und diese lebhaft nachklingende Würze...
... erinnern mich eindeutig... an zu Hause...
Das ist kosmischer Geschmack!!
Das war's dann wohl...
Ren hat das Wesen der Kochkunst nicht begriffen...
Ach ja...?
...
Die ganze Sache tut mir Leid...

Ich werde gehen...
...
Das brauchst du doch nicht...
Hm?
Ihr könnt doch beide Gewinner sein...
Wir hätten nichts dagegen, zwei DearS an unserer Schule zu haben!
Ihr seid schließlich beide süß!
Wir wären sogar stolz darauf!
Genau! Geh nicht, Miu!
Bleib bei uns!
Ihr wollt, dass ich...
Geh nicht, Miu!

Ren!
Ich werde genau prüfen, ob du würdig bist, als DearS-Gastschülerin an dieser Schule zu sein!
Verstehe ...
So wahr ich Shiianostal-rennaguregu-yugu Tanasto Auseem Ruki Miu heiße!
Nicht schon wieder ...
Langer Name, hm?
Tz!
Der Wettkampf geht also weiter!
Hey! Hörst du mir überhaupt zu?!
Du wirst meine Rache zu spüren bekommen!!

Verstehe ...
Nichts zu machen, wenn die Formalitäten erledigt sind...
Dann machen wir diesmal eine Ausnahme...
Ja, dann also...
Mist! Dabei hatten wir doch Ki an ihr dran...
Aber sie kriegt schon noch ihre Strafe...
Diese Nullnummer...
... was ist nur mit der los?

8. Kontakt

* Mischung aus Flipper und Spielautomat. Sehr beliebt in japan.

Der Kleider-schrank ist echt so was wie dein Zimmer geworden, hm?
Ist es nicht etwas eng da drin?
Nein!
Ren hat lange Zeit an einem so engen Ort geschlafen...
... darum ist es völlig okay...
Hm...?
Wie auch immer... Ich mache jetzt das Licht aus, ja?
Jawohl.
Schlaf gut, Takeya!
Du auch...
Hab mich schon echt an sie gewöhnt...

»... dann verließ er die Veranda. *Komm her*, sagte er schroff und ohne mich zu küssen, packte er mich am Handgelenk, *Ich will dich.*«
Ich konnte es nicht länger aushalten.
Das ...
... das ist ja der glatte Wahnsinn, Ren!!
Ich bin ganz dein! Tu mit mir, was du willst!
Ich auch!
Die sind alle durch den Wind...
Au ja! Ich auch...!
Du hast in einem Tag das ganze Buch durchge arbeitet...?!
Nein! Weg da!

So toll war das eben gar nicht, Ren!
Du hast drei Grammatik- und vier Aussprachefehler gemacht!
Hm? Miu...?
Ich kann dich einfach nicht akzeptieren!
...
Miu... du gehörst doch zur Nachbarklasse...
Dann entschuldigt die Störung!
...
Scharfe Braut, was?
Wow! Sieh dir mal die Möpse an!
Ein echtes Naturwunder!

Boah! Und die da erst!
Mir gefällt die hier besser ...
Sind das echt Schulmädchen?
Du... Takeya...
...
Uah!
Shit... gerade jetzt...
D...die Mathehefte sind heute abzugeben...
... u...und deines fehlt noch...
Hey!
Ist das etwa ein Benehmen, Ikuhara?!
Wie kannst du nur?!
Genau!
Kein Grund, sie so einzuschüchtern!
Äh... hm?
Dieser gemeine Kerl!
Äh...
So ein Idiot!
Gehen wir!

...
Hast dich wohl unbeliebt gemacht, hm?
Ein wenig Nachhilfe in gutem Benehmen könnte dir nicht schaden!
Hey!
Nur weil ich böse geschaut hab?!
Eben! Bei Mädchen versagst du immer völlig in der Kommuni-kation!
Anscheinend hast du über-haupt null Ahnung, wie man mit ihnen umgeht!
Und das gerade von ihm ...
Fängt ja schon damit an...
... dass du scheinbar keine Gefühle hast, wenn du Ren ansiehst!
Du wohnst mit ihr zusammen, ohne was mit ihr zu haben – echt schwach für einen Typen in deinem Alter!
Tz! Mit einem Alien...? Das wäre ja echt idiotisch!
Ich denke, das reicht langsam, Takeya...!

Auf die Art wirst du wohl dein Leben lang keine Freundin abkriegen!
Gehen wir Mittag essen?
...
Klebt mir nicht ständig an den Fersen!
Ren wollte bloß mit dir zu Mittag essen...
Ren!
Und wir mit Ren!
Ich auch!

* Curry_udon: jap. Bandnudeln, serviert in Curry-gewürtzter Brühe.

...
Gut... Ren wird im Klassen-zimmer essen...
Ich komm mit, Ren!
Eine DearS, die kein Ver-ständnis für die Gefühle ihres Gebie-ters hat!
Schlim-mer geht's nicht!
Aber wem sag ich das...
Wie un-sensibel von Miu...
Ja!
Uff... endlich hab ich ein wenig Ruhe...
Die würde mich am liebsten bis aufs Klo verfolgen!
Ich werde aus ihr einfach nicht schlau...
Ich kann's dir nach-fühlen!
Hm?

* Tofu-Udon: jap. Bandnudeln mit Tofueinlage!

... wie kann Ren als deine Sklavin nur so ein Benehmen an den Tag legen!
Pssst! Nicht so laut!
Daran bist du als Gebieter wohl auch nicht ganz unschuldig!
Die Erziehung eines Sklaven ist die Pflicht des Besitzers! Wenn das versäumt wird...
... kann sich das bei DearS auf das gesamte Wesen auswirken!
Aber wem sag ich das? Wiedersehen...
ガタ
Wa... warte mal!
I...ich kapier's einfach nicht...!
Wovon redet ihr da dauernd... du und Ren?
...
...?

...
Hat dir...
... Ren denn nichts davon erzählt?
Trotz der Autorisierung?
?
Au...Autori...?
...
Oh... da hab ich wohl einem völlig Uneingeweihten...
Entschuldige...! Bitte vergiss die Sache!
ふかぶか
Äh...
Bis später!
Hey! Warte mal! Was soll das?!
Ich kapier das nicht! Erklär mir bitte...
Ren ist...

... Ren ist deine Sklavin...
Sie wird alles tun, was du ihr befiehlst...
Du hast das Recht...
... sie so zu behandeln, wie es dir beliebt.
Darum geht's im Großen und Ganzen...
...
Wa... wa...

... was soll das alles?!
Uah...! Wa...was ist...?!
Ist es gut? Schmeckt es dir?
Ren hat Kochen geübt und versucht, den irdischen Geschmack zu treffen.
Hm... sonderlich gut sieht es nicht aus, und es ist versalzen, aber...
... es ist schon etwas besser als das Gericht von neulich...
Heißt das, Ren hat Fortschritte gemacht?
Na, das wäre wohl zu viel gesagt, aber...
Ach was... es ist gut!
Ja...?

Das freut Ren!
Lob vom Gebieter...
... macht Ren immer glücklich!
...
Du, Ren...
Ja...?
Diese Bezeichnungen, die du immer verwendest...
... dieses »Gebieter« und »Sklave«...
... was steckt dahinter?
Ren versteht die Frage nicht...
Na ja... äh...

A...also... als Gegenleistung für freies Essen und Wohnen wär's echt übertrieben... falls es das ist...
Ähm...
?
A...also, ich meine...
I...ich bin doch... äh... du bist doch...
... warum tust du das alles... äh... für mich...
Ren ist doch deine Sklavin!
Aber was konkret meinst du damit?
Hm? Als Rens Gebieter müsstest du doch...
Aus! Genug! Es reicht!
Schlaf jetzt!
?

Dann mach ich mal das Licht aus...
Normalerweise würde ich ja jetzt in mein eigenes Bett gehen...
Sie schläft so schnell ein...
Ah...!
... aber in letzter Zeit bin ich oft...
... bis zum Morgen einfach...
...

Wer weiß, wie Außer-irdische so denken...
Mm...
Mmm...

U... uah...!
Umpf ......
Ha... halt... n...nicht doch...
... gaaanz ruhig...
Relax... relax... hff... hff...
Argh... wieder schwach geworden ...
Vom Verstand her hab ich's ja geschnallt, aber...
Verdammt!
... mein Körper reagiert immer noch auf das Alien-Mädel!
Was soll ich nur tun...?

Takeya...

... wa... was...
Ren...

Takeya... willst du mit mir schlafen?

Ähm... äh...
Hm...?
Mit dir schla...

Du empfindest sexuelle Begierde...
... das kann Ren fühlen...
Wenn du mit Ren schläfst, löst sich die Spannung...
as gehört zu Rens Pflichten ls Sklavin...
Neulich ist Ren ja ein-geschlafen, aber heute...
Wa...warte mal...! Was redest du da?!
Sa... sagtest du... s... sexuell ...
W...wie kommst du da...dazu, so was zu...
H...hey! Wa... warte!

D...du kannst doch nicht einfach...
Ha...hast du überhaupt... schon mal...
Nein!
Aber Ren hat Unterricht gehabt und weiß, was man tun muss.
Es sollte also auch ohne Erfahrung klappen!
Da... das sehe ich aber anders!
Li...liebst du mich denn auch wirklich...?
Waaah...! Halt...! Wa...warte!
Lieben ...?
Das weiß Ren nicht so genau...
... aber...

... Ren ist deine Sklavin...
... und würde alles tun, was du von ihr willst!
Meine... Sklavin...
Was...
... was heißt das...?
Du hast das Recht, sie so zu behandeln, wie es dir beliebt...
Ob sie wirklich...
... alles tun würde...
... was ich sage?
...

Takeya ...
...
Wirklich alles...
... was ich sage?
Ah ...
...
... Uh...

Nein!
Ich weiß nicht recht, aber... so was macht man doch nur... wenn man jemanden liebt...
... und nicht, weil man sich dazu verpflichtet fühlt oder so...

Es ist nicht richtig...
...
Dann hat Ren also eben was Falsches getan...?
Vielleicht ...
Daraus darf Ren wohl schließen ...
すっくと
... dass du keinen Sex willst...
Äh...
Dann wird Ren jetzt wieder schlafen gehen...
Gute Nacht...
... Takeya!
Ähm...
Gute Nacht...
すー…
...
...

Irgend-welche Vorfälle...?
Wenn du mich so fragst – mehr als genug! Diese Ren...
... so behauptet sie, sei ihr Name, hat keine ordentliche Bildung...
... und sie stammt aus dem Haus Nakora – also keine namhafte Herkunft...
Sonst noch etwas?
Nein, vielen Dank...
Ich werde sofort Bericht erstatten...
Ach... etwa an...
Ja!
Tut mir Leid, aber es muss sein!
Ich hab keine Wahl...
... aber...
Sie ist als Sklavin... als DearS... zwar völlig unzulänglich...

... ein wenig
beneide ich sie
schon darum...
... dass sie
einen Gebieter
gefunden hat.
...

Beim Unterricht...
Ich werde nun diesen Satz auf der Tafel...
... aus dem Englischen übersetzen.
Ohne sich die Tränen abzuwischen, sagte Mike...
... »Ich danke Ihnen für Ihr Kommen«...
カッ
カッ
カッ
Bitte beachtet, dass »Kommen« ...
... in dem Fall nur im Sinne von »Besuch« zu verstehen ist...
カッ
Und nun weiter im Text...
パラ…
パラ…

Also dann...
... bis später!
Ihr Essen ist im Topf! Vor dem Verzehr bitte kurz erwärmen.
Und ich habe die Futons gelüftet, Sie können sie bald reinholen!
Ja, vielen Dank.
Pass auf die Autos auf!
Mach ich!
Ein liebes Mädchen ...!
Das kann man wohl sagen... so brav und fleißig...
Am Anfang war ich ja eher skeptisch bei dieser Homestay-Geschichte...
... aber seit sie bei uns wohnt, ist jeder Tag voll Sonnenschein...
Es ist, als brächte sie verdorrte Bäume wieder zum Blühen...

Wunder-
schönes
Wetter
heute! ♡
9. Kontakt

Hey, Takeya!
Was denn?
Da! Ich hab was für dich!
Na dein Video, das ich mir geborgt hatte - »110 Busenwunder«...
Sorry, dass es so lange gedauert hat...
Ach, das...
Affengeil, kann ich nur sagen! Besonders die Szene, in der Tittenfee Nr.100...
Ähm... wenn's dir so gut gefällt...
... kannst du es behalten.
Was?! Du warst doch so scharf darauf, es wiederzukriegen!
Na ja... jetzt eben nicht mehr...
Takeya...

Deine Augen sind ja ganz blutunter-laufen...
Wah!
Es war doch gar nicht so spät gestern ...
Aaaah! Aaaah!
K...komm mir nicht zu nahe! Bleib, wo du bist!
Sie ist völlig ruhig...
Hm...
...
Wuah!
...
Wa...was willst du?!
...

視聴覚室
So! Alle mal aufgepasst!
Ich kapier die Weiber einfach nicht...
Da läuft wohl was...
Hm...
Wir kommen nun zur Aussprache...
出家の
ドリッピ
English
どーーん
Sie sehen dich an! Sie sehen dich an! Ja, Mitsuka...!
Trotz meines Outfits bleiben sie immer noch so cool?
Aber... diese kalten Blicke sind ja fast noch besser! Ahhhh...!
Ja...! Durchbohrt mich mit euren Blicken!
Seht mal!
Die Mädels aus der A-Klasse...
O... olala! Wow!

Jaaa...! Gewonnen!
Spitze, Miu!
Du hast einen prima Schlag drauf!
Au...auch nicht hässlich... diese Miu...
Nicht wahr? Und irgendwie anders als Ren...
Hm ...?
Tja... ihr Gesicht hat schon was...
Hey! Wer passt denn da im Unterricht nicht auf?!
Zur Strafe kassiere ich bis Ende der Stunde deine Unter-hose ein!
Hä...?!
Was tut sie da?!

Ha! Die Stunde ist um! Nichts wie weg hier!
Bevor ich meine Unterhose los bin...!
Ab nach Hause!
Warte!!
Was ist, Neneko?
Takeya...
Vergisst du in letzter Zeit nicht etwas Wichtiges?
Was denn...?
Dacht ich's mir doch...
Lass das Getue! Was ist los?

Also gut...
Der Kerl hat sie wohl nicht mehr alle! – Sich eine Woche lang einfach nicht zu melden!
Ich reiß ihm den Arsch auf, wenn er mir das nächste Mal unterkommt!
Das soll ich dir ausrichten...
Äh... hä?
...?!
Aaaah...! Die Arbeit!!
Endlich dämmert es bei dir...
Mist! Bei all dem Ärger mit Ren hab ich gar nicht mehr daran gedacht...
Und **mein** Ruf ist nun auch ruiniert, weil ich dir den Job verschafft...

... habe...
Hey, Ren! Geh schon mal heim!
Den Weg kennst du ja!
Ren will bei dir bleiben!
Nein!
Geh!
Ren kommt mit dir!
Das geht nicht!
...
Aaargh!! Renn mir nicht nach!!
Aber... Ren will...
Warte!!

A...ach du Schreck...!
Perfektes Timing...
Wenn ich mich recht entsinne...
... wäre Ren heute mit der wichtigen Aufgabe des Klassenraum-putzens an der Reihe!
Planst du etwa, dich davor zu drücken?!
Die weiß den Putz-plan der Nachbar-klasse...
Kann sein, aber...
... für Ren kommt Takeya an erster Stelle...
Was?!

A...also... mir fehlen die Worte!
Klingt aber nicht so...
Du strotzt ja nur so vor Egoismus!
Und dabei machst du allen immer nur Ärger!
Neneko... Macht Ren Ärger...?
Nö... schon gut...
Soll ich deinen Putzdienst übernehmen?
Nein!!
Dadurch wird sie nur verwöhnt!
Nix wie weg...
Hey! Bleib stehen!
Was willst du von mir?!
Das hier liegt auch in deiner Verantwortung!
Wärst du etwas strenger ...

Ich bin ich, und Ren ist Ren!
Ren ist für sich selbst verant-wortlich!
Ich hatte sowieso schon genug...
... Ärger wegen ihr!
Die Sache geht mich nichts an!
...
...
Äh...
Jetzt reicht es aber!
Ren hat sich trotz allem große Mühe ge-geben...
... und du redest so über sie!
...
Ver-stehe...

Ab heute übernehme ich die Kontrolle und Verantwortung für Ren!
どーん
Du wirst deine Pflicht erfüllen!
Komm jetzt, Ren!
Nein!!
2-B
Das ist ja nicht mit anzusehen!
Pass auf... Man hält den Besen so... und so kehrt man den Boden...
Was macht Miu denn hier?
Hm...
Hm?

Das ist ganz einfa...
... aaaah!! Was machst du denn nun schon wieder?!
So verteilst du doch den Müll bloß!
Mir reicht's! Geh und leere den Mülleimer!
2-B
...
Müll

どさーーっと
2-B
ろうか用*
Neiiiiin!!
* Müll
Was tust du denn da?! Du kannst doch den Müll nicht einfach von einem Eimer in den nächsten schütten!
Wenn ich von »Mülleimer leeren« spreche, dann meine ich...
Aaaach... vergiss es! Ich mach es selbst!
Nicht zu fassen!
...
Erst hat Miu so rumgemotzt, und nun...
Tja...

Gelang-
weilt...
Die Tische sind im Weg...!
Hä?
Also wirklich! Ren macht nichts als...
Hm?

Hm...?

Wa...was passiert hier...?!
Aaaaah ...!!
Ha...
... haaalt!! S...so-fort auf-hören!!

Wuah!
Ach du Schreck...
Wieso lässt du uns einfach fallen?!
Du sagtest doch...
Aua...
Alles okay?
Es tut mir so Leid! Ich habe bloß einen Augenblick weggesehen und schon...
Äh... am Knöchel...
Wo tut es denn weh?
Hm...

... schlimme Sache...
Hä...? Der Schmerz ist plötzlich... weg...!
Na wie schön! Als wäre nichts gewesen, hm?
Wunderbar!
Äh... ja...
...
Und nun zu dir, Ren!
Schwer-kraft-Umkehrung ist verboten!!

So...! Fertig!
Ohhh...
Miu hat das alles fast im Allein-gang...
ふぅ
Sie hat einen Großputz hingelegt!
Danke, Miu!
Obwohl das nicht mal ihre Klasse ist...
A...ach... schon gut...
Eine echte Leistung!
Was man von dir nicht behaupten kann!
Ren hat viel gelernt! Miu ist großartig! Miu kann alles!
Miu ist ein Haus-arbeits-Profi!
Äh...

Versuch nicht, mich mit Worten zu blenden!
Wie heißt es so schön? – »Lob ist der Toren Prob.« »Lob ist nichts als der Schatten der Tugend.«
»Lob ist des Menschen Unter-gang.«
Worte einer Schülerin dieser Schule...?
Worte einer Außer-irdschen ...?
Ein wirklich feuriger Monolog...
メラ メラ
ちゃ ん
ちゃ んと

Hmmm... köstlich, dieser Tee...
Wieso das finstere Gesicht, Ren?
Ich bin ja nicht zum Spaß hier!
Es ist doch meine Pflicht, deinen Lebensbereich zu inspizieren!
Aber...
Das ist doch Takeyas Haus, nicht...?
Eine richtige Bruchbude...
Bruchbude?
Ein elendes Loch wie das hier hat fast schon wieder was Erfrischendes...
Du schläfst also im Schrank... So tief zu sinken ist bestimmt nicht mal so einfach...
へぶし

Ich hab kein gutes Gefühl...
Hey, Takeya!
Trödel nicht wieder rum!
Sorry! Ich mach ja schon...
Gut, dann fangen wir mal an...
... mit dem Koch-training!
Dein Gericht neulich war ja... ein Traum...
... wie aus der Heimat... und doch irgendwie neu...
... ein berauschendes Kaleidoskop von Geschmäckern...
じ
は

A...aber... das zählt alles nicht, solange du den Geschmack der Erdenmenschen nicht triffst!
Darum werde ich dich mit aller Strenge die irdische Kochkunst lehren!
Zunächst die Zutaten...
Hier haben wir mal... Brötchen...
... hier ebenfalls...
Hm? Hier auch?!
Gibt es in diesem Haus nichts anderes?!
So... und nun der Reihe nach folgende Gewürze...
Passt du auch ordentlich auf?
Doch nicht nur Brötchen...
Das ist nicht als Hut gedacht!
Man kann dich nie aus den Augen lassen!
Sag mal... hast du überhaupt irgendwas in der Community gelernt...?
Community? Ist das was zu essen...?

...
Willst du etwa behaupten... du hast nicht mal eine Community...?
Alle Dears auf der Erde gehören doch den Tanatos an...
Hm...? Ren versteht nicht...
Wirklich seltsam...
Aber deine Situation ist schon sehr kritisch...
Na ja, wie auch immer...
Du hast ja von nichts eine Ahnung!
?
Man muss hier eben mit den Wölfen heulen...
Hör zu, Ren...

Hier auf diesem Planeten...
... geht man mit dem Thema »Sklaven« nicht so offen um...
Das Sklaven-System scheint hier etwas out geworden zu sein...
Out?
Um deinem Gebieter zu gefallen, musst du daher das sklavenhafte unterdrücken...
... und beim Dienen möglichst wenig Demut zeigen...
Das ist es, worum es in deinem Sklaven-Dasein hier geht...
Verstehst du?
Ja... ungefähr...
Wirklich?
Ja! Takeya wird Augen machen, wenn er deinen Fortschritt sieht!
Also streng dich an!
Wenn dir etwas wichtig ist, dann gehe sorgsam damit um, solange du es besitzt ...
... denn wenn du es verloren hast, ist es zu spät...

...
Hm...?
Äh... und das alles jetzt klein schneiden!
Jawohl ...
Nach dem Kochen bleibt nur noch eines zu tun...
Es gilt, den Raum nett zu gestalten, damit dein Gebieter sich darin wohl fühlt...
Was denn noch?
An die Arbeit!
...
Äh...

W...wie... wie sieht es denn hier aus...?
Da kommt man endlich nach der Arbeit heim und freut sich auf den Feierabend...
Entspann dich!

Miu meinte, das würde eine entspannende Atmosphäre für dich schaffen...
Bist du schon ent-spannt?
Gaff...
Entspannt es dich?
Ta-keya ...?
Weg damit! Sofort!!
Das war gute Arbeit...

Für Ren bist du...

ジリリリリ
ぱし
ジリリリ…
Bip
ぱ
ぱ
ぱ
Rrr
Bip

10. Kontakt

カン
ガサ
Noch mehr?! Wie viele sind es nun schon?
Du darfst nun mal nicht zu spät kommen! Tu's für deine Mutter!
Wenn du nicht auf-stehst, bringe ich noch mehr!
Mann...! Quäl mich doch nicht so!
ガチャ
Hey, Takeya!
Sieh an! Du bist ja schon auf den Beinen!

Morgen, Neneko...
Ähm... äh...
Takeya, du hast Schaum vor dem Mund...
Hm...
Neneko! Ren ist es heute geglückt, Takeya früher aus dem Bett zu bekommen!
Rens Gebieter läuft oft Gefahr, zu spät zu kommen, aber Ren kämpft dagegen an!
A...ach ja...? Na prima...
Neneko, ist Ren tüchtig? Kriegt Ren ein Lob?
Tüchtig, tüchtig!
Ähm... was ist denn in der großen Papiertüte da...?
Ach... äh...

... nichts besonderes...
I...ich geh schon mal...! Wir sehen uns in der Schule!
...?
Was hat sie denn?
Sie muss vielleicht noch aufs Klo, ich renn ihr mal nach!
Wo hast du denn das wieder gelernt?!
Moment mal, Ikuhara!
Aber gemeinsame Toilettenbesuche zeugen doch von einer innigen Beziehung...
Sei nicht so grob zu Ren!
A... aber...
Sehr richtig! Genau!

Sie wohnt schließlich als Gast bei dir!
Du magst sie wohl nicht! Arme Ren!
Du Ekel!
Verräter!!
Führst dich auf, als wärst du ihr Freund! Sie ist viel zu süß für dich!
Du bist echt das Letzte!
Nicht Freund – Takeya ist Rens Geb...
Waaaah...! Waaaah...!!
Wah! Er greift sie an!
Er ist gefährlich!
Und pervers ...!
Komm, Ren! Nichts wie weg hier!
Ist vielleicht ansteckend ...
Du bist ein Idiot, Ikuhara!
Schwein!
Außerirdische in Gewahrsam
Wa...wa... was...
Takeya! Takeya!

Hm?
Komm her! Lass mal deine Hand sehen!
Die Hand, die Rens Lippen berührt hat...
Rens Lippen...
Ist w...wie... ein indirekter Kuss von Ren...!
I...ich will auch einen!
Waaah...! Habt ihr sie nicht mehr alle?!
Uff... was für ein Tag!
Bin wieder...

D...da...
Hi! Ganz schön spät...!
Du störst hier aber gerade...

Was tut ihr da?
Sieht man das nicht? Ich mache eine Skizze...
Etwas zur Seite drehen, Ren!
かきかき
Hä...? Wa...was hat sie denn da an?!
Die Kleidung der Heldin aus dem Anime »Spacenurse Nana«...!
Nun einen Arm hochheben...!
Ja-wohl!
Space ... nurse ...?
Wa... wa... wa... wa...
Hm...? W ist der mit de Raum passiert
Es sieht ja alles wieder so aus wie vorher!
ずかずか
ずかずか
Ich wollte nur mal kurz vorbeikommen...
Tz! All die Mühe um die lieblich-charmante Dekoration umsonst...!
Wo sind denn die Bären hin?
Raus hier!

Was?! Einfach hier reinge-stopft?!
Was soll das?!
Sag mal, Ren...
Äh... hm?
Wie siehst du denn aus? Diese Kleidung ist ganz und gar nicht lieblich!
Was soll das alles?
Ren steht für mich Modell...
... für meine künst-lerische Tätigkeit!
Aha... verstehe...
Tja...
...
...

Willst du es auch mal anprobieren, Miu?
N...nein, also...
... ich... hab euch jetzt wohl lange genug gestört...
Aber... warum eigentlich nicht? Je mehr Modelle, desto besser, oder?
Spitze!
くるりん
Ist doch eine tolle Sache!
Ach...! Das Kleid ist aber auch niedlich! – All die Rüschen!
Oder das »Pretty Maid«-Outfit...!
Soll ich das nehmen?
Das ist doch wirklich süß!
ポイ
Uh ...
...
Das ist... **meine** Wohnung ...!!

Und diese Kleider hast du alle selbst gemacht, Neneko?
Das ist ja unglaublich!
Nene-ko ist toll!
Na ja... ich hab bloß genug Übung im Nähen...
Hm... hätte ich nicht gedacht...
Ach, stimmt ja – sie hat oft die Klamotten ihrer Brüder geflickt...
Dann ist dieses »künstlerische Hobby« von dir also Nähen, Neneko?
Aber Ren, du Dummerchen...
Rate mal, warum sie die Skizzen macht! Es ist natürlich Zeichnen!
Hm... ihr liegt beide nicht ganz richtig...
Äh... das Gesicht etwas mehr geradeaus, Miu...!
Neneko...

... probier doch auch mal was an!
Hm?
Prima Idee! Das solltest du wirklich tun, Neneko!
Ach Quatsch... ich seh lieber zu...
Komm schon!
Ich bin doch gar nicht der Typ für solche Kleider...
Das stimmt nicht! So was steht dir bestimmt sehr gut!
Ren will sehen!
Ach nö...
Das passt nur zu so süßen Mädels wie euch...
Ich seh darin bestimmt doof aus!
Mann!
Sie hat doch Recht! Gebt endlich Ruhe!

Neneko steht dieser Rüschen-Firlefanz nun wirklich nicht!
Mit Sex-Appeal hatte sie ja noch nie viel am Hut...
Wie heißt es doch? – »Kleider machen Bräute.«
Das heißt »Leute«!
Es käme wohl unheimlich rüber, wenn sie jetzt plötzlich einen auf Erotik machen würde...
Du musst reden! Bist ja selbst nicht gerade Mister Supersexy!
Tz! Billige Retourkutsche...

Erotik wird für dich wohl immer ein Buch mit sieben Siegeln bleiben, Takeya!
Wie meinst du das?!
Ähm... ich werde dann mal gehen...
Ihr beide wart mir eine große Hilfe für mein Material...
... im Gegensatz zu Takeya ...
Die übrigen Kleider hole ich später!
Bis dann!
Mann ...!
Was hat die denn gebissen...? Tz!
Es reicht jetzt, Takeya!
...

Da war ein Stich...
Hm...?
Stimmt! Habe ich auch gerade wahrgenommen...
Mo... Moment mal! Wovon redet ihr zwei?
Es war ja nur für einen Augenblick...
... aber dafür tief...
Hm? Hä?
Wir haben es deutlich gespürt!

Wa... warum seht ihr mich so an...?
じ
Gespürt ...?
Wir DearS können starke Impulse oder instinktbedingte Regungen bei anderen wahrnehmen...
Hm?
Neneko tat es weh...
... als du das vorhin zu ihr sagtest...
Ach deshalb...
...
Bin wieder da!
とと
と
Ich hab Hunger, Schwester!
Augenblick! Ich mache dir gleich was!

パタン
…
とさー
きど
キィ

Wo bleibt mein Essen?
Sorry! Ich komm ja schon!
Bis zum Kindergarten hat Neneko solche Mädchenkleider getragen...
... aber danach nie wieder...

Ach... richtig...!
Nur einmal in der Zweiten ...
Ha! Ha! Wie ein Junge in Mädchen-fummel!
Wieso macht sie plötzlich auf Mädchen?
Sieht ja grauen-haft aus!
Und irre ko-misch...!
Aus dem Freak da wird nie ein Mädchen!
Seht sie euch an...!
ポコ
Aua!

Was grübelst du denn da rum?
Siehst dabei ja noch dämlicher aus als sonst!
Was willst du?!
...
Shit! Wieder zu spät zur Arbeit...

Was grübelst du hier rum?
Siehst dabei echt dämlich aus!
Takeya...
Du fährst ja immer noch diesen alten Drahtesel...!
Bist schon früher oft hierher gekommen...
Ach ja?
Ja! Du hast hier Bücher gelesen...

... oder einfach nur geheult...
Ach, hab ich das...?
Ja, hast du!
...
...
So war es sicher auch an **dem** Tag...
Erinnerst du dich...?
Es war in der Grundschule, als du mal mit einem Rüschenkleidchen ankamst und die Kerle in der Klasse sich über dich lustig machten...
Was du nicht sagst...

Es war ei kurze sehr drollig Kleid.
An manchen Stellen sah es irgendwie unfertig aus...
Aber was sie auch sagten - du hast nur geschwiegen...
Seht sie euch an!
Sie hat eben keine Mutter...!
Aber ich weiß noch, dass du wütend wurdest, bevor ich überhaupt was sagen konnte!
Hm? A...ach ja...?
Ja! Du hast sie verprügelt!
Ach, war das so...?

U...und dann...
Mädchenfreund!
Klappe!
Hey! Warte, Neneko ...!
Wo willst du hin?
Neneko!
Meine Mama hat es genäht...

... eigentlich für meine Schuleintritts-feier... aber... es wurde nicht mehr fertig...
Sie ist jetzt ein Jahr tot... und ich hab in ihrem Zimmer das Kleid gefunden...
... und es war, als wäre Mama wieder zurückgekommen...
Die mussten mir nicht erst sagen, dass es mir nicht steht... das weiß ich...
... die mussten es mir nicht sagen...
...
...
Aber danach hast du...
Hm?

Weißt du's nicht mehr?
Ähm... nö... was war es doch gleich...
I...ich finde...
... das Kleid steht dir gut...
Du lügst doch...
T...tu ich nicht ...!
D... du...

... du siehst
aus wie eine
Prinzessin!

Ähm... also die Sache... gestern...
... ich ...
Tja...
Ich muss dann mal nach Hause, Abendessen kochen...
Hm...?
Also dann, Takeya...
Machs gut bei der Arbeit!
Die Arbeit...
は、
Aaaaaaah!!

11. Kontakt

Die Glocke des Tsuku-shikehara-Museums...
... schlägt nun 11 Uhr...
IIIING
OONG
IIIING
Huaaa ...!!
Hm?

Takeya! Es ist Zeit für die Arbeit!
Mmm...
Musst du heute nicht hin?
Doch...
Wenn du zu spät kommst, misshandelt dein Chef dein Hinter-teil!
Aaaaach... lass mich in Ruhe...
Kaum, dass du dich in letzter Zeit endlich mal nützlich machst, nervst du auch schon ständig mit irgendwas rum...
Äh...
...
Wuah!

Wa... wadda... dudda...
(Was hast du denn da an?!)
Die Schürze für die Hausarbeit!
?
U...und darunter...?! Unter der Schürze...?!
Darunter...?
Ren hat die Kleidung vergessen...
... aber... mit der Schürze ist Ren ja trotzdem nicht nackt...
... also alles okay!
Das sehe ich anders!!

Ren geht mal schnell Bad-reiniger kaufen...
市指定ゴミ袋
Wah...! Spinnst du?! So kannst du doch nicht...
Der Nachbar hält mich nun sicher für abartig...
We... wenn sich das rum-spricht... dann...
Mach dir keine Sorgen...
Das ist alles deine Schuld!!
Seit du hier bist, läuft ständig alles schief!
Noch eine Sache, und das war's...!
Dann fliegst du raus!!

* Bonito: Fisch aus der Makrelenfamilie: Beliebt in Japan.

...
Hm?
Ist das nicht ...
Hallo! Hallo!
Verzeihung bitte...!
Ah, also doch...!
Du bist es wirklich, Ki!
Hallo...
Was tust du denn hier?
Machst du deinen Homestay nicht in Tokyo...?
Ähm...

?
Ist etwas passiert?
Tut mir Leid! Heute haben wir nicht so viele...
Meine Aushilfe macht wieder mal blau, dieser Bengel...!
Hast dafür nächstes Mal was gut!
Bis dann!
Eine Abkürzung...

Bist du Ren...?

Hm...
... ich mach einfach blau... hab keine Lust...
Der Tag ist sowieso schon gelaufen...
... und das ist ja auch eine Art Arbeit...
Hm? So ein nobler Schlitten?
Passt gar nicht in die Gegend...
Ob Ren schon zurück ist?
AIR MAIL
Bin wieder ...
Hä?
Hallo, Takeya!

D...du...?! Wa...was...
Ich war mal so frei...
Du solltest immer abschließen!
Man weiß ja nie, wer sich da einschleichen könnte!
Du sagst es!!
Ah! Was Süßes zum Tee! Gerade richtig!
Im ganzen Haus war nichts zu finden.
Ich hole noch Tee...
Hm? 50 Kugeln?
Meine Bude ist der reinste Alien-Treffpunkt!
Noch jemand, den ich nicht kenne...

...
...
...
Bist du Ren?
...
Ja...
... Ren ist Ren...
...
...
...
Wie ist deine Kenn-nummer?
...
Renrenren... nagusaran-renshiia
(=000-3901)

...
...
ニャー
...
Verstehe ...
Ich bin hier, um dich zu holen, Nullnummer!
Du musst mit mir kommen.
So will es die Community...
Ich will keine Gewalt anwenden...
Na los!
...
Das geht nicht – Ren muss Abendessen kochen...
Ren muss nach Hause zu Takeya ...
... Na gut...
... dann eben ...

... doch mit Gewalt!

Sind wir hier im All oder was?!
Ki, wenn du den Reiskräcker in den Tee tauchst, schmeckt er wunderbar!
Sieh her...
Äh... richtig so...?

Takeya... du siehst ja so blass aus... Iss ein paar Dörrpflaumen...
Es reicht, hau ab!!
Die regen den Blutkreislauf an...
Tupperware
Ähm... Takeya Ikuhara...?
Verzeihung, dass ich mich erst jetzt vorstelle...
Ich bin Ki, ein Abgesandter der DearS-Community...
Die DearS sind Ihnen zu großem Dank verpflichtet...
Tief buckel...
Mitmach...
?
Nicht der Rede wert...
Ki wollte dir einen Besuch abstatten, da hab ich ihm den Weg gezeigt...
Mir...?
Ja!
Es gibt da nämlich etwas zu besprechen...

... mit Ihnen, Herr Takeya Ikuhara...
... dem Eigentümer von Ren!

He...
... hey, Re...

... Ren...
Ei...
... Eigen-
tümer...?
Wie
darf
ich
das
verste
...
...

Sie ist Ihnen lange genug zur Last gefallen...
Ich habe die Verantwortung für Ren und werde sie mitnehmen.
Wie bitte...?
Die Community wird sich offiziell bei Ihnen entschul...
Ki! Ki!
Takeya scheint nicht viel über die DearS zu wissen, und darum...
?
Ach so... äh... verstehe...
Nun gut, also... in kurzen, einfachen Worten...
Sie ist... ein so genanntes...

... Fehl-
produkt...
Fehl...
produkt...?

Oder eine »Nullnummer«...
... wie wir sie intern zu bezeichnen pflegen...
Eine Nullnummer...?!
Ren ist...
...
?
Nullnummern sind Sklaven, die aufgrund eines Fehlers im Produktionsprozess nicht auf den Markt kommen dürfen...
... und deren Kennnummern mit Nullen versehen werden, um eine irrtümliche Auslieferung zu vermeiden...
Normalerweise werden sie für immer eingefroren und von der Community betreut...
Im Zuge der Verlegung dieser Betreuungsstätte zerbrach Rens Kapsel aber, und sie verschwand...

Sie wurde von Ihnen aufgelese und hat Si als ihren Gebieter anerkannt..
Zu allem Überfluss zog sie auch noch als DearS-Gastschülerin die allgemeine Aufmerksamkeit auf sich...
...
Unsere Community legt großen Wert auf ihr Ansehen...
... und wenn so eine defekte Nullnummer nach außen entweicht...
... können wir das nicht auf sich beruhen lassen...

Um nicht noch mehr aufzufallen, haben wir sie bis jetzt nur beobachtet...
... doch wir dürfen die Sache nicht ewig anstehen lassen...

Ich kann auch zu härteren Mitteln greifen, aber...
Upp
... eine friedliche Lösung wäre mir lieber...
Ich bin hier, um sie zu holen...
Ren soll... weg...?
...

A...
... a... aber...
... aber...
Nur keine Sorge...
Ich fühle ja auch mit Ren - gerade als sie ihren Gebieter gefunden hat, wird sie einfach weggeholt...
Darum werde ich auch ein gutes Wort für sie bei der Obrigkeit einlegen...
Da Sklaven außerdem Besitztum bedeuten...
Äh...
... kann ich Ihre Bedenken auch in dieser Hinsicht verstehen...

Eben...!
Da hat er nun endlich eine Sklavin, und nun soll sie ihm einfach weggenommen werden?!
Da... das kann man doch nicht...
Das wurde alles bedacht...
Da Sie nun wissen, dass Ren ein Fehlprodukt ist, werden Sie wohl nicht auf ihr beharren...
... also tauschen wir sie einfach aus!
Wo...
... wovon redet dieser Typ...?
Wie finden Sie den Vorschlag?
Natürlich mögen Sie mit Ren besondere Erinnerungen verbinden, und...
Und ob er das tut!
!
Ren...?

Re...
Hey, Takeya!
Oh... du hast Besuch...?
Ach du, Neneko...
Netter Empfang!
Hm? Ren ist noch nicht da?
Hast du sie denn gesehen?
Hm? Ja...
... sie rannte mit einem Affenzahn an mir vorbei...
Ach... und da war noch so ein Typ, den ich nicht kannte...
Ki, heißt das etwa...
N... na ja... also... äh...
?
Was?!
Oh mein Gott! Takeya...
... es kann sein, dass Ren bereits...
Dass sie was...?! Was ist mit Ren?!

Ren!!
Also wirklich!
Wir haben uns solche Sorgen gemacht!
A...aber... wie siehst du denn aus?!
Das kommt vom vielen Laufen ...
Bist du okay? Wollte dich vielleicht jemand entführen?
Ren weiß nicht ...
Du weißt nicht ?!
...
Verlaufen ...
Bist du die Nullnummer...?

Wie ist es, Herr Ikuhara?
Sind Sie einverstanden?
Kann ich Ren mitnehmen?
Sie hat Ihnen och sicher genug annehmlichkeiten bereitet, und...
Äh...

Stimmt...
Ich wollte sie doch von Anfang an nicht hier haben...
... und wünschte mir nur mein altes Leben zurück...
... dem-nach sollte es wohl auch in Ihrem Inte-resse liegen...
Von mir hörte sie ja ständig nur, sie solle abhauen...
... aber dort hätte sie Freunde und ein Zuhause...
Er hat... ganz Recht...
Aber... aber irgendwie...
...
Das...

... das geht mich nichts an!
Woher soll ich denn wissen...
... was mit ihr geschehen soll?

12. Kontakt

A...
... aber...
Verstehe...
Ich bin erleichtert, das zu hören...
Als Eigentümer sollten Ihre Wünsche schließlich Priorität haben...
Warum...?
Hm?
Eigentlich ist das ja schon komisch...
Warum wird Ren denn nicht persönlich gefragt?

Die Sache geht mich doch deshalb nichts an, weil ich keine Ahnung davon habe!!
Es ist an Ren, hier eine Entscheidung zu treffen!
Ist dir das alles völlig egal, Ren?!
...
Ich verstehe Ihren Ärger nicht ganz...
Als Fehlprodukt ist Ren doch...
Reden Sie nicht so!
Die Bezeichnung gefällt mir nicht!
Sie verwechseln Ren wohl mit irgendeinem Gegenstand?!
Ren kann aus eigenem Willen ent...

Aus eigenem Willen...?
Ja! Sie mit Ihrem »Fehlprodukt« und »Eigentümer«...!
Sie ist weder ein Ding noch ein Tier!
Hey Ren! Sag doch mal was...!
Willst du mit ihm gehen oder weiterhin mit mir zur Schule...?
...
Du annst dir ıssuchen, du wohnen llst! Also, as sagst du?
...
Ren...
...
Ren weiß nicht...

Was soll Ren tun...?
Ren weiß es nicht...
Re...
Ren will tun, was Takeya will...
Re... Ren...
Sie ist ein Ding!

Wir DearS sind Sklaven...
Wir werden als Sklaven produziert, besessen und entsorgt...
Sklaven brauchen keinen eigenen Willen...
Also tatsächlich wie Dinge...?
Da wir sowieso keine Wahl treffen können, haben wir keinen Bedarf dafür...
... und deshalb...
... haben wir schon vor langer Zeit...

... selbst-
ständiges
Denken auf-
gegeben...

Eigen-
artig...
Es sollte
doch hier
in der
Gegend
sein...
Echt
seltsam...
Ich kenne
mich in Japan
halt noch nicht
so gut aus...
Wer
ist
das?
Ver-
dächt-
tig...
Etwa ein
Gangs-
ter...?
...

Wie ist es nun, Herr Ikuhara?
Wenn Sie bereit sind, auf Ihr Besitzrecht an Ren zu verzichten...
Das sind Sie doch, oder?
...
Tun Sie, was Sie wollen!
Ta ke- ya!
Ist dir... alles egal...
... was auch pas- siert?
...

Das... das ist kein Grund für dich... zu heulen...
I...ich weiß... aber...
Ach, Takeya ...
Keine Ahnung, was hier vorgeht, aber...
He...hey!
Ren!

Wo... wo willst du...
Hey!!
Re...
...
Äh... Take...
?!

め
Wa...
wa...
Äh...
D...
d...
...
du...?

Äh...
...
Ki...?!
Sie entschuldigen...!
...

Äh... S...Sie haben es aber eilig...
Schneller!!
Aah...! Hier rechts abbiegen! Rechts!!
Geben Sie Gas!
Geht das nicht auch ohne mich...?
Miu, du weißt doch wohin, oder?
Ja... mehr oder weniger...
... spüre ich es...
Wer war dieser Typ vorhin?
Er kam so plötzlich...
Das war ein »Biter«...
Bei uns DearS gibt es verschiedene Ränge und Ämter...
... und Typen wie er gehören zu den so genannten »Biters«...
Sie sind für Schutz und Sicherheit der Community verantwortlich...
Kann sein, dass er hier ist, um Ren gewaltsam mitzunehmen...

A...aber... warum wollen diese Soldaten Ren...
Hm... die sind wohl so etwas wie die Soldaten eines Bienenstocks...
Stimmt... wo doch dieser Ki schon kam, um sie zu holen...
...
Selt-sam...
Hff
Na ja... mir kann die Sache sowieso egal sein...
Wuah!
Ähm... äh... bist du...

Hf
...
Hff
Hff
Ren... weiß nicht...
Was...
... hat das zu bedeuten...?
Macht es dir was aus, wenn Ren nicht »irgendwohin« geht...?
Takeya...

In dem Fall wäre sie jetzt ...
Aber ich verstehe nicht...
... warum Ren geflohen ist...
... obwohl sie vorhin noch so geredet hat...
Vielleicht will sie ja doch nicht zur Community zurück...
Was meinst du, Miu?
Was wird aus ihr, wenn sie wieder dort ist?
Sie wird...
Ah!
Bi...bitte anhalten!

Warum läufst du weg?
...
Wir DearS haben den Befehlen unserer Vorgesetzten zu gehorchen!
Warum leistest du also Widerstand?
Ren... weiß nicht genau...

Warte bitte!
HF
Ich werde
... sie in Gewahrsam nehmen...
...
Ein Black Sheep...?
Ich habe die Zustimmung des Besitzers! Es ist meine Aufgabe...
Ist mir egal! Die Community will es so!
Aber ich bin auch vom Hauptquartier beauftragt...
Deine Methode ging ihnen wohl nicht schnell genug!
Ich grei da wei energisc durch.
Und als Sheep willst du einem Dog doch wohl nicht sagen, was er zu tun hat...!
He... hey...!

Eines möchte ich schon noch gerne wissen...
We...wenn ihr... sie nun mitnehmt...
... was passiert dann mit ihr?
Sie wird eingefroren.
Das fällt nicht mehr in unseren Zuständigkeitsber...
Nullnummern oder von ihren Besitzern verstoßene Sklaven gelten als wertlos...
Sie wird also wieder eingefroren, oder im schlimmsten Fall...

... könnte sie auch entsorgt werden!
Ent...
Aber warum sind Sie so erstaunt, Herr Ikuhara?
Das sollte Ihnen doch egal sein...
Miu übertreibt etwas... es ist ja noch nichts entschieden...
Sie wollten Ren doch nicht mehr, oder?
I...ich... äh a... also...
...
Ren...

Ist das Gespräch beendet...?
Dann mache ich jetzt meine Arbeit...
... und bringe die Nullnummer...
... wieder zurück...
Re...

Ren!!
Ah! Daneben...
Aaaaaaaah!!
...
よろり

Wa... wa... gurgl...
... glucks ...
Takeya!!
Äh...
...
Ugh ...
!

Oh Gott...
Ta... Takeya... Ren...
Wa...was sollen wir nur...
Ohhh!!
Da ist Ren...
... mit Takeya!!

Was soll Ren tun? Ren weiß nicht recht...
Aber Ren muss ja morgen für Takeya den Haushalt machen...
... und mit Takeya süße Brötchen essen...
... und deshalb...
Aber... wenn Takeya wünscht... dass Ren...
Ren...
...
Ren ist...

... Ren ist...
... meine Sklavin!!

Weiter in Band 03

STOPP!

Dies ist die letzte Seite des Buches! Du willst dir doch nicht den Spaß verderben und das Ende zuerst lesen, oder?

Um die Geschichte unverfälscht und originalgetreu mitverfolgen zu können, musst du es wie die Japaner machen und von rechts nach links lesen. Deshalb schnell das Buch umdrehen und loslegen!

So geht's:

Wenn dies das erste Mal sein sollte, dass du einen Manga in den Händen hältst, kann dir die Grafik helfen, dich zurecht zu finden: Fang einfach oben rechts an zu lesen und arbeite dich nach unten links vor.
Viel Spaß dabei wünscht dir TOKYOPOP®!

DearS
ディアーズ

Das erwartet euch in Band 3:

Eine grosse Tat von Takeya, sich für das Besitzrecht zu entscheiden und somit zu Ren zu stehen. Aber reicht das aus, um den »Biter« von seinem Auftrag zu entbinden? Und was bedeuten Begriffe wie »Dog« und »Sheep«? Was hat es mit dieser merkwürdigen Rangfolge auf sich?
Im nächsten Band werden wir nicht nur mehr über die Zusammensetzung der DearS-Community erfahren, sondern auch über Takeyas Familie: Natsuki, seine Schwester taucht plötzlich wieder auf und interessiert sich ebenfalls brennend für die Dears...